共和国故事

全民动员

——禽流感爆发与全国展开预防行动

陈栎宇　编写

吉林出版集团股份有限公司

图书在版编目（CIP）数据

全民动员：禽流感爆发与全国展开预防行动/陈栎宇编. —

长春：吉林出版集团股份有限公司，2009.12

（共和国故事）

ISBN 978-7-5463-1842-4

Ⅰ．①全… Ⅱ．①陈… Ⅲ．①纪实文学－中国－当代 Ⅳ．①I25

中国版本图书馆 CIP 数据核字（2009）第 233746 号

全民动员——禽流感爆发与全国展开预防行动

QUANMIN DONGYUAN　　QINLIUGAN BAOFA YU QUANGUO ZHANKAI YUFANG XINGDONG

编写　陈栎宇

责任编辑　祖航　息望　林琳

出版发行　吉林出版集团股份有限公司

印刷　三河市嵩川印刷有限公司

版次　2010 年 1 月第 1 版　　　　2022 年 1 月第 9 次印刷

开本　710mm×1000mm　1/16　　　印张　8　字数　69 千

书号　ISBN 978-7-5463-1842-4　　　定价　29.80 元

社址　吉林省长春市福祉大路 5788 号

电话　0431－81629968

电子邮箱　tuzi8818@126.com

版权所有　翻印必究

如有印装质量问题，请寄本社退换

前　言

　　自 1949 年 10 月 1 日中华人民共和国成立至今,新中国已走过了 60 年的风雨历程。历史是一面镜子,我们可以从多视角、多侧面对其进行解读。然而有一点是可以肯定的,那就是,半个多世纪以来,在中国共产党的领导下,中国的政治、经济、军事、外交、文化、教育、科技、社会、民生等领域,都发生了深刻的变化,中国人民站起来了,中华民族已屹立于世界民族之林。

　　60 年是短暂的,但这 60 年带给中国的却是极不平凡的。60 年的神州大地经历了沧桑巨变。从开国大典到 60 年国庆盛典,从经济战线上的三大战役到经济总量居世界第三位,从对农业、手工业、资本主义工商业的三大改造到社会主义市场经济体制的基本确立,从宜将剩勇追穷寇到建立了强大的国防军,从废除一切不平等条约到独立自主的和平外交政策,从"双百"方针到体制改革后的文化事业欣欣向荣,从扫除文盲到实施科教兴国战略建设新型国家,从翻身解放到实现小康社会,凡此种种,中国人民在每个领域无不留下发展的足迹,写就不朽的诗篇。

　　60 年的时间在历史的长河中可谓沧海一粟。其间究竟发生了些什么,怎样发生的,过程怎样,结果如何,却非人人都清楚知道的。对此,亲身经历者或可鲜活如昨,但对后来者来说却可能只是一个概念，对某段历史的记忆影像或不存在，或是模糊的。基于此，为了让年轻人，特别是青少年永远铭记共和国这段不朽的历史，我们推出了这套《共和国故事》。

《共和国故事》虽为故事，但却与戏说无关，我们不过是想借助通俗、富于感染力的文字记录这段历史。在丛书的谋篇布局上，我们尽量选取各个时代具有代表性或深具普遍意义的若干事件加以叙述，使其能反映共和国发展的全景和脉络。为了使题目的设置不至于因大而空，我们着眼于每一重大历史事件的缘起、过程、结局、时间、地点、人物等，抓住点滴和些许小事，力求通透。

历史是复杂的，事态的发展因素也是多方面的。由于叙述者的视角、文化构成不同，对事件的认知或有不足，但这不会影响我们对整个历史事件的判断和思考，至于它能否清晰地表达出我们编辑这套书的本意，那只能交给读者去评判了。

这套丛书可谓是一部书写红色记忆的读物，它对于了解共和国的历史、中国共产党的英明领导和中国人民的伟大实践都是不可或缺的。同时，这套丛书又是一套普及性读物，既针对重点阅读人群，也适宜在全民中推广。相信它必将在我国开展的全民阅读活动中发挥大的作用，成为装备中小学图书馆、农家书屋、社区书屋、机关及企事业单位职工图书室、连队图书室等的重点选择对象。

编　者

2010 年 1 月

目录

一、 控制疫情

- 国家质检总局、公安部、农业部、商务部、海关总署、国家工商总局联合发出通知，要求各地规范边贸活动，加强边境管理，防止禽流感等严重动物疫情传入我国。

- 北京市召开全市动物防疫紧急会议，要求各区县严密监视禽类健康状况，加强对活禽和禽类产品的检疫，保护市民身体健康和畜牧业稳定。

- 吉林省牧业管理部门积极采取措施，未雨绸缪，防患于未然，加大监测、检疫力度，严把动物及其畜产品的入省关，严防禽流感传入，确保广大人民群众在节日期间的安全。

六部门通知严防禽流感

2004 年 1 月 20 日，按照国务院要求，国家质检总局、公安部、农业部、商务部、海关总署、国家工商总局联合发出通知，要求各地规范边贸活动，加强边境管理，防止禽流感等严重动物疫情传入我国。

早在 2003 年 3 月 1 日，荷兰东部靠近德国边界的 6 个农场中发现了 H7N7 型禽流感病毒。

到 3 月 3 日，有禽流感疫情的农场已升至 13 家。

同一天，为了防止疫情向欧洲其他国家蔓延，欧盟宣布全面禁止荷兰活禽及其蛋品出口。禽流感给世界上最大的家禽出口国之一的荷兰带来了沉重打击。

而更为严峻的是，在疫情爆发期间，共有 80 人感染了禽流感病毒，其中一名 57 岁的荷兰兽医在对病鸡进行检验时感染病毒，死于禽流感引起的肺炎并发症。

随后，H7N7 型禽流感在整个欧洲蔓延开来，与荷兰毗邻的比利时和德国均出现了禽流感病毒感染的病例。这是目前为止世界上禽流感传播范围最广的一次。

从 2003 年 12 月开始，在韩国首都汉城附近的一个养鸡场出现了禽流感疫情，并已经被证明是传染性极强的 H5N1 禽流感。12 月 12 日以来，在饲养着 2.6 万只鸡的养鸡场中，有 2.1 万只鸡已死亡。

为防止疫情扩散，该养鸡场所残余的 5000 只鸡，已按照韩国农业部的命令全部被宰杀。其方圆 10 公里内的地区被划定为危险地区，该区域内 76 家养鸡场受到严密封锁，其鸡、鸭、鹅等家禽动物已严禁向外转移。

2004 年 1 月，越南、日本、泰国、印尼等国爆发了禽流感，目前禽流感仍在亚洲部分地区蔓延，已有 10 多个国家和地区发生了禽流感。

至 1 月 29 日发生禽流感的国家和地区有：

1 月 12 日，日本山口县阿东町发生禽流感，3 万只鸡被宰杀。

1 月 25 日，印尼出现禽流感疫情。

1 月 26 日，巴基斯坦卡拉奇爆发禽流感，疫情已控制。

1 月 28 日，越南禽流感疫情蔓延至 27 个省市。

1 月 28 日，老挝首都万象 3 个养鸡场发现禽流感疫情。

1 月 29 日，泰国 29 个府成疫情控制区。

2003 年 12 月 30 日，我国台湾地区金门发现首宗禽流感；2004 年 1 月 15 日，我国台湾地区彰化县芬苑乡疑似感染禽流感；1 月 16 日，我国台湾地区嘉义爆发禽流感。

在以上地区中，疫情最严重的是泰国，当时，该国已活埋了 1000 多万只鸡。许多国家已经禁止从这个亚洲最大的鸡肉出口国进口禽肉，使泰国年产值几十亿美元的鸡肉出口业完全停顿，影响了 200 多万户从事家禽养殖业家庭的生计。

自 2003 年禽流感爆发以来，柬埔寨、印度尼西亚、泰国和越南 4 个国家，已出现了人类感染禽流感病例。

根据世界卫生组织记录，自 2003 年 12 月 26 日至 2005 年 10 月 10 日，全世界共报告 117 人感染禽流感病例，其中 60 人死亡。

在我国内地的广西隆安，于 2004 年 1 月 27 日发生 H5N1 亚型高致病性禽流感。

1 月 26 日，湖北武穴、湖南武冈出现疑似禽流感，1 月 30 日，国家禽流感参考实验室确诊为 H5N1 亚型高致病性禽流感。

1 月 30 日，安徽广德县和马鞍山市雨山区、上海南汇区、广东揭东县四地相继各发生一起疑似高致病性禽流感。

2004 年 2 月 16 日，我国内地确诊禽流感的地区涉及 15 个省份，分别是广西、湖北、湖南、安徽、广东、上海、新疆、浙江、云南、河南、甘肃、陕西、江西、天津和西藏。在这 15 个省份中，确诊发生禽流感疫情的有 41 个县。

如果禽流感只在禽类间传播，即使感染后禽只死亡率很高，人们蒙受的也只是经济损失而已。

所有报告出现人感染病例的国家中，越南共计 91 人感染，其中 41 人死亡；泰国共计 17 人感染，其中 12 人死亡；印尼共计5人感染，其中3人死亡；柬埔寨共计4人感染，全部死亡。

形势紧迫。六部门发出的通知要求，各地商务主管部门要严格执行有关规定，停止发放从韩国、日本、越南进口禽肉产品的自动登记进口许可证；密切关注进口禽畜及其产品流向，督促有关加工、流通企业规范进货渠道，严格索证索票制度，加强对禽畜及其产品的安全检疫检测，严把市场准入关。

各地检验检疫机构和海关要加大对来自发生疫情的重点国家和地区的进境货物、运输工具、旅客携带物品、邮寄物品的监管力度，加大抽查比例。各地海关、公安等部门要加大打击走私力度，重点严防禽流感流行国家或地区的禽鸟及其产品走私入境。毗邻禽流感流行国家地区的各地有关部门要广泛宣传、密切协作，切实加强对边贸和边民互市贸易的监督管理。

通知还要求各地切实落实各项防疫措施并作出具体部署。一是严格疫情监测制度，提高监测密度，密切监控。二是严格疫情报告制度，从即日起实行疫情每日报告制度。三是做好突发疫情的处理工作。

国家有关部委紧急行动起来，迅速展开工作。

国家质检总局启动《高致病性禽流感疫情进出境检验检疫应急预案（试行）》，希望以此提高检验检疫系统防治高致病性禽流感的应急处理能力，保证及时、准确、高效地处置高致病性禽流感疫情，防止疫情传入传出。

预案还对口岸突发人禽流感卫生检疫监测、流行病学调查、疫情报告与处理作出了具体规定。

交通部召开专题会议，研究部署交通行业防控高致病性禽流感工作。会议要求各地交通主管部门迅速行动起来，按照全国防治高致病性禽流感指挥部的统一部署，协助有关部门开展工作，尽快控制和消除禽流感疫情，确保高致病性禽流感疫情不通过车船等交通工具扩散传播。

海关总署下发《关于贯彻落实国务院关于防控高致病性禽流感工作有关措施的紧急通知》，要求全国海关认真贯彻落实党中央、国务院关于防控高致病性禽流感工作的有关精神，启动防控禽流感工作和突发事件应急处理机制，在保障正常进出口货物通关效率的同时，严密做好禽流感防控工作。

国家工商总局要求各级工商行政管理机关，要站在经济社会全面发展的高度，讲大局、讲政治，把禽流感防治工作作为当前工商行政管理的一项政治战略任务来抓，确保思想认识到位、工作措施到位、协调配合到位，坚决打好防治禽流感的阻击战。

从此，一场针对禽流感的大规模检查和防治工作，在全国范围内展开。

商务部加强市场管理

2004 年 1 月 29 日，商务部发出《商务部关于加强畜禽鸟及其产品市场管理严防禽流感的紧急通知》（以下简称《通知》），要求各地加强市场流通管理，严防禽流感。

《通知》指示各级商务部门提高认识，加强组织领导，与农业、质检等部门密切配合，及时了解掌握禽流感疫情动态，做好应对工作。同时搞好生活必需品市场监测工作，除要求 36 个大中城市继续实行生活必需品市场信息每日报送制度外，还要求发生疫情的省区将监测范围扩大到地级市。

商务部要求：

> 要加强对流通、加工企业的卫生质量安全管理，严格畜禽鸟及其产品市场准入。特别是要严防疫区畜禽鸟及其产品进入非疫区市场销售。整顿和规范畜禽屠宰加工市场秩序，加大打击私屠滥宰的执法力度，逐步实行家禽定点屠宰。

为督促各地做好上述工作，商务部将派出工作组赴各地督察，重点检查流通、加工环节防治禽流感各项措施的落实情况。

2月3日，中国商务部向各地商务主管部门发出紧急通知，要求加强对畜禽鸟及其产品的市场管理，以严防禽流感传播。

《通知》指出：

> 各地商务部门要认真分析本地市场情况，充分估计疫情可能对市场稳定造成的不利影响，尽快制订、完善肉类产品市场供应应急工作预案，特别是要建立畜禽产品地方储备制度，并做好替代品货源组织工作。一旦发生肉类产品市场异常波动，要按照《突发事件生活必需品应急管理暂行办法》的规定，适时组织市场调控，维护市场稳定。

商务部还要求各地商务部门要充分利用商务部市场监测系统提供的信息，加强对本地区市场供应工作的指导，采取切实措施，确保肉类产品不出现断档、脱销现象。

2月9日，商务部又发出通知，要求各地加强餐饮业管理，做好应对工作。

商务部表示，最近中国周边国家和地区相继发生了高致病性禽流感，国内一些地方也出现了禽流感疫情，对中国的经济生活造成了一定影响，并开始波及餐饮业。

商务部要求各级商务部门提高认识，加强指导餐饮业的经营发展。严把原料采购关；营造卫生安全的消费环境；充分发挥餐饮连锁企业在防控禽流感、稳定市场和增强消费者信心等方面的示范作用；积极宣传餐饮业应对禽流感采取的措施，加大宣传引导，扩大消费，把禽流感对商业服务业产生的负面影响降到最低程度，促进行业的稳定健康发展。

　　由于预防到位，应对及时，中国的禽流感防疫工作秩序井然，忙而不乱，民众心态平和。

农业质检加强检疫力度

早在 2004 年 1 月 15 日，农业部和国家质检总局就联合发出公告，严禁从疫情国家和地区进口各种禽类动物及产品。

国家质检总局同时要求各地检验检疫机关加强对来自这些禽流感国家和地区人员的卫生检疫。

农业部和国家质检总局指出，近日越南、日本相继发生高致病性禽流感，在韩国和塔吉克斯坦也分别发现了古典猪瘟和口蹄疫。

从 15 日开始，中国各出入境口岸禁止直接或间接从上述国家输入所涉及的禽鸟、猪、野猪、偶蹄动物及其产品，已运抵的一律进行退回或销毁处理。

同时，也禁止邮寄或旅客携带入境，对途经中国或已经停留在中国的国际航行船舶、飞机和火车等，如发现也一律作封存处理。其废弃物、泔水等，要在出入境检验检疫机构监督下作无害化处理；对海关、边防等部门截获的走私入境的，一律在出入境检验检疫机构监督下作销毁处理。

对来自禽流感国家和地区的人员，国家质检总局要求各地检验检疫口岸加强体温检测、健康申报和医学巡视，严格审查入境人员填写《入境健康检疫申明卡》，对

有发热等禽流感症状的人员要仔细排查并及时采取控制措施。对前往疫情国家和地区的人员，要做好国际旅行保健工作，及时提供相关信息和预防禽流感建议。

1月19日，农业部再次向各地发出紧急通知，要求对高致病性禽流感实行疫情每日报告制度，并要求各地精心组织，确保各项防疫措施落实到位，防止高致病性禽流感疫情的发生和蔓延。

农业部要求各级畜牧兽医部门迅速组织制订本省（市、区）禽流感防治预案，建立完善突发高致病性禽流感疫情的应急反应机制。尽快配备、建立疫情处理预备队，建立紧急防疫物资储备库，确保基层有机构、有队伍、有能力实施各项防疫措施，确保所辖区域一旦出现疫情，能够紧急启动应急反应机制。

农业部要求各地切实落实各项防疫措施并作出具体部署。一是严格疫情监测制度，提高监测密度，密切监控。二是严格疫情报告制度，从即日起实行疫情每日报告制度。三是做好突发疫情的处理工作，一旦发生疫情，要迅速制订疫情控制和扑灭的技术方案。

农业部还要求地方各级畜牧兽医部门在政府的统一领导下，协调与配合财政、卫生、公安、工商、交通等有关部门做好各项相关工作。各级畜牧兽医部门加强春节期间防疫工作，节日期间实行24小时值班制度。

1月19日，为防止疫情传入，确保我国出口禽鸟及其产品的健康和安全，国家质检总局也发出紧急通知。

通知要求严格控制出口禽鸟养殖场的人员流动，在进出境查验过程和疫情监测中发现疫情要立即启动疫情应急程序。

国家质检总局要求各级检验检疫机构要加大对禽鸟及其产品的查验力度，禁止进口和旅客携带或者邮寄入境来自疫区国家和地区的禽鸟及其产品，加强对来自疫区国家和地区的交通运输工具、装载容器和运载工具上废弃物的防疫消毒处理。

对重点地区、重点出口商品要从源头严格控制，加强生产、加工、运输等过程的监督管理和出境查验，严格控制出口禽鸟养殖场的人员流动，确保出口禽鸟及其产品的健康和安全。

国家质检总局还要求各检验检疫局要加强对入境人员的体温检测、健康申报、检疫查验和医学巡视工作，严格审查入境人员填写的《入境健康检疫申明卡》，对发现或申报有高热等禽流感症状人员仔细排查，严防禽流感病毒传入。

此时，我国已经将禽流感列为危害严重的一类动物疫病进行预防。

卫生部加强防治工作

2004 年 1 月 16 日，卫生部发出紧急通知，要求各地加强禽流感监测和防治工作，密切关注周边国家和地区的禽流感疫情发生发展情况。

卫生部要求各地要把禽流感作为人类新发传染病，给予高度重视，切实加强禽流感的监测和防治工作。各地卫生部门要积极、主动与农牧部门加强联系，了解禽流感疫情信息，开展检测技术交流合作，防止人类病例的发生与流行。

各地要根据《全国流感监测方案（试行）》，认真开展流感监测工作，加强流感等急性呼吸道爆发疫情的流行病学调查和采样检测。

各省疾病预防控制机构发现有变异或不能鉴定分型的异常毒株或标本，要立即报告中国疾病预防控制中心和本省卫生行政部门，并将毒株、标本送国家流感中心检测、鉴定。

各省卫生行政部门和中国疾病预防控制中心接到有关报告后，要立即报告卫生部。

1 月 18 日，卫生部又发出紧急通知，要求各地开展在职卫生人员禽流感防治知识全员培训。

当时，我国周边一些国家和地区先后发生禽流感疫情，个别国家还发生了从禽到人传播的疫情，并且有可能发生从人到人的传播。

禽流感是一种新型的从动物传播到人的病毒性传染病，如果在人群中流行，将对人民群众的健康、生命安全以及我国的经济建设构成严重威胁。

而我国专业卫生人员对禽流感的防治知识普遍缺乏，急需在对全体专业卫生人员进行传染性非典型肺炎防治知识全员培训的同时，开展禽流感防治知识培训。

卫生部要求，临床医护人员要了解禽流感防治的基本知识、诊断标准、治疗原则、疫情报告的程序和基本要求；流行病学知识与病史采集技能；消毒、隔离、防护基本技能及相关法律、法规。

卫生部要求，疾病预防控制人员需掌握禽流感防治的基本知识、流行病学知识、流行病学调查方法、预防控制措施，消毒、隔离、防护等知识和技能，以及相关法律、法规。

社区及农村基层卫生人员需掌握禽流感防治基本知识、流行病学知识、基本防护措施、疫情报告程序。实验室工作人员要知晓禽流感基本知识、实验室检测和研究的技术操作规范。

卫生部要求，应急培训必须于2004年3月15日前完成。

各地严防禽流感传入

2004 年 1 月 16 日，北京市召开全市动物防疫紧急会议，要求各区县严密监视禽类健康状况，加强对活禽和禽类产品的检疫，防止境外高致病性禽流感病毒的传入，保证动物源性食品安全，保护市民身体健康和畜牧业稳定。

北京市要求各区县动物防疫监督机构加强对禽流感疫情的监测工作，并派出防疫监督人员对辖区内所有禽类养殖场或小区等饲养的禽类健康状况进行严格检查，监督其封闭管理和防疫消毒等措施的落实情况。密切关注是否有人感染禽流感的情况，特别是关注与禽有密切接触人群的情况。

同时，要求各区县加强产地检疫和屠宰检疫工作。动物检疫员要对出场活禽实行到场检疫，严格查验免疫记录，做好群体健康检查，如发现异常情况，必须做实验室检验，防止染疫动物出场。

要求派驻屠宰加工厂的动物检疫员加强对进厂活禽的检查，监督对运输车辆实行卸后消毒。规定各公路、铁路、航空动物卫生检疫监督站坚持 24 小时上岗，加强对运输进京的活禽和禽类产品进行监督检查，对运载工具进行严格消毒；加强对经营活禽和禽类产品市场、商场、门店的检查，未经检疫的活禽和禽类产品不得上市。

北京市农业局有关负责人表示，北京市各区县动物防疫监督机构正密切关注辖区疫情动态，发现问题及时上报。对瞒报、缓报、迟报疫情的，追究责任；造成严重经济损失和社会后果的，追究法律责任。

2004年1月17日，香港特区政府渔农自然护理署署长陈镇源表示，香港的禽流感监察制度是应付最高危急状况采取的做法，相信也是全世界最严密的有关制度。

陈镇源说，理论上不排除香港有爆发禽流感的可能性，但即使发生，在严密监察措施下，可快速通报和采取行动，因此不可能大规模地爆发禽流感。

陈镇源说，本地农场所有鸡只是从内地进口的活鸡，这些鸡从2003年6月起和2004年1月15日已经注射过预防疫苗，因此约80%的鸡具有抗御禽流感的能力。而渔护署对鸡农购买疫苗，为鸡只注射疫苗，抽样验鸡确保鸡只产生抗体的全过程均实施严密监察。渔护署每星期还巡查鸡场，并规定闲杂人等不得进入鸡场。

同时，除休市日外，食环署还规定长沙湾批发市场和街市每日清洗街市和鸡笼，并随机抽验鸡只，确保鸡只无感染禽流感。

2004年1月18日，吉林省牧业管理部门积极采取措施，未雨绸缪，防患于未然，加大监测、检疫力度，严把动物及其畜产品的入省关，严防禽流感传入，确保广大人民群众在节日期间的安全。

吉林省各地严格按照省政府颁发的《关于进一步加强动物防疫工作的通知》等文件的规定和要求，积极行动，加大监测力度，各级动物防疫监督机构建立 24 小时值班制度；充分发挥公（铁）路动物防疫监督检查站作用，检查站实行 24 小时昼夜值班，对运输动物及其产品的车辆进行严格检查和消毒，严防疫情传入吉林省；民航部门也采取措施，派出专人，配合出入境检疫机关实施监督检查；省牧业管理局还要求各级牧业部门全面开展肉品安全监督检查，查找肉品市场监管的薄弱环节，严厉打击违法行为，消除流通领域存在的隐患，确保人民群众节日期间的肉食品卫生安全。

　　同时，吉林省牧业部门已将动物防疫工作和无规定动物疫病区项目建设列入今年的重点工作，加强重大疫病防治指挥、动物疫病预防与控制、动物检疫监督、动物疫情监测、畜产品残留安全检测监测、动物防疫屏障等 6 个体系的建设。

加强与国际组织的合作

2004 年 1 月 27 日，中国农业部、卫生部有关负责人，分别约见联合国粮农组织驻华代理代表布朗先生、世界卫生组织驻华代表贝汉卫先生，通报了 1 月下旬发生在中国广西隆安县等地的禽流感疫情，以及中国政府按照《中华人民共和国动物疫病防治法》采取的相应措施。

这一天，中国国家禽流感参考实验室确诊发生在广西隆安县丁当镇的禽类死亡为 H5N1 亚型高致病性禽流感。紧接着，中国就向联合国通报了疫情。

布朗先生感谢中国农业部及时向联合国粮农组织通报情况，对中国政府采取的防治措施给予肯定，表示相信中国政府有能力防止疫情的进一步蔓延。

布朗先生说：

联合国粮农组织非常关注包括中国在内的亚洲地区的禽流感情况，并愿意对中国给予全力支持。

同日，世界卫生组织西太平洋地区主任尾身茂，在越南首都河内举行的新闻发布会上证实，越南又有一名 4

岁的男童感染了由 H5N1 型病毒引起的禽流感，从而使越南禽流感患者增至 8 人，其中 7 人为儿童，6 人已死亡。

尾身茂告诫说：

越南的禽流感病毒正通过一种尚未完全清楚的途径向人类传播。而且，随着越来越多的家禽染病，患者也会越来越多，禽流感在人与人之间相互传染的可能性也就越来越大。

韩国防疫当局于 2004 年 1 月 27 日宣布，韩国忠清南道天安市的一家养鸡场出现鸡产蛋率下降和死亡的情况，被认为发生了禽流感疫情。

韩国防疫当局在这家养鸡场周围设立了 6 个防疫站，全面控制禽类、人员和车辆出入疫区。为防止禽流感疫情扩散，当地组织人力开始宰杀和掩埋这家养鸡场及其四周半径 500 米内的 21.4 万只鸡。

除此次疫情以外，忠清南道自 2003 年年底起先后发生 4 起禽流感疫情，共有 11 万只家禽被宰杀。而韩国全境自 2003 年年底发现高致病性禽流感以来，共有 160 多万只家禽被宰杀。

就在中国向联合国报告疫情的同一天，为防止禽流感疫情在世界范围内蔓延，世界卫生组织和联合国粮农组织发表联合新闻声明，强调开展广泛的国际合作，共同预防禽流感，呼吁国际社会提供资金和技术援助以消除禽流感威胁。

声明强调，禽流感病毒有可能变异为致病性更高的病原体，如果该病毒在人类和动物群体中长期传播，可能进而变异为新的流感病毒，从而引发全球性的疾病。

世卫组织和联合国粮农组织还建议："禽流感疫区要对动物加强有效的监控；在宰杀家禽的过程中，工作人员必须穿着特制的隔离服；向家禽饲养员提供疫苗、资金等必要的物资。"

世卫组织总干事李钟郁指出："尽管防治工作非常困难，花费很大，但必须及早行动起来，只要加强国际合作和聚集必要的资源，就可以控制禽流感的蔓延。"

联合国粮农组织、世界卫生组织很支持中国政府防治禽流感的工作。

贝汉卫先生听取了卫生部负责人的通报后说：

中国政府及时通报禽流感疫情，这说明中国政府公开、透明的态度，中国政府在去年抗击非典斗争中给国际社会留下了深刻印象，相信在应对此次禽流感疫情中会做得更好。

贝汉卫先生认为，虽然禽流感尚未传播到中国，但应加强从禽到人传播的控制。贝汉卫先生表示：

世界卫生组织愿意协助中国开展禽流感防

治工作，进一步加强合作。

中国农业部和卫生部负责人对联合国粮农组织和世界卫生组织积极支持中国政府的态度表示感谢，并表示进一步加强与有关国际组织在禽流感防治工作方面的交流和合作。

2004 年 1 月 28 日下午，"当前禽流感形势部长级会议"在曼谷开幕，来自 13 个国家和地区以及世界卫生组织等 3 个国际组织的代表参加了本次会议。泰国总理他信主持会议。

这次会议是由泰国政府提议召开并承办的，会议就亚洲地区当前发生的禽流感疫情共商应对之策。

中国、柬埔寨、印尼、日本、越南、韩国、老挝、马来西亚和新加坡亚洲 9 个国家，欧盟、美国，以及世界卫生组织、联合国粮农组织和世界动物卫生组织等负责农业和卫生的部长或高官出席会议。

中国农业部副部长齐景发，率中国代表团参加了本次会议。

泰国总理他信作为重点疫区的领导人认为，如果不能及时控制和有效预防，那么"对禽流感的恐惧将比禽流感疫情本身还要可怕"。

他信说，展开合作、交换信息以便采取适当方式预防和控制禽流感疫情，是本次会议的目的所在。他呼吁与会代表充分利用这一机会，群策群力，建立长期高效的防控网络，特别是科技发达的国家应给予相对落后的国家更多技术、人员和设备方面的支持，"因为病毒是没有国界的，人类的合作也应当是没有国界的"。

中国代表团团长齐景发在会上表示：

中国政府对禽流感的防控工作做了充分的准备，完全有信心、有能力控制和扑灭已发生的疫情。

他呼吁亚洲各国携起手来，同舟共济，共同克服当前的困难。

→齐景发向大会通报了我国最近发生的禽流感疫情及中国政府采取的果断处置措施。

齐景发最后说：亚洲国家山水相依，传统友谊源远流长。他呼吁亚洲各国携起手来，加强合作，共同预防和应对疫情的发生和蔓延。

会议一致通过了《关于当前禽流感形势的部长声明》，强调亚洲国家与有关国际组织之间、亚洲国家之间要加强合作，共同应对当前的禽流感疫情。

在后来的2009年2月18日上午，中国卫生部、农业部又应邀在联合国开发计划署的驻华办公室，向联合国系统驻华机构和有关国家驻华使馆介绍了近期我国人禽流感疫情和禽流感防控工作。

会议由世界卫生组织驻华代表韩卓升和粮农组织驻

华代表处高级项目官员马丁共同主持。

来自世卫组织、粮农组织、欧盟等国际组织驻华机构及加拿大、荷兰、伊朗等有关国家驻华使馆的约 40 人参加了通报会。

卫生部国际合作司副司长王立基代表卫生部介绍了所发生的人禽流感病例概况、人禽流感病例的基本情况及疫情特点、卫生部对疫情形势的研判、各级卫生部门采取的防控措施及下一步的工作安排等。

王立基表示，卫生系统对发生的病例及时按照防控预案进行了处理，中国政府以公开、透明和负责任的态度第一时间向 WHO 等国际组织、有关国家及中国港澳台地区通报了发生的所有人感染高致病性禽流感病例。国家卫生部、中国疾控中心以及各相应的卫生行政部门对受感染的 8 例患者按照中国防控高致病性人禽流感预案迅速采取措施，成功挽救了 3 个病人，没有出现疫情传播的情况。人们的工作和生活处于常态，社会是安定的。中国愿意与有关国家和国际组织进一步加强合作，增强互信，继续加强人禽流感和流感大流行的防控工作，为人民的健康和福祉服务。

农业部兽医局处长秦德超通报了当时家禽的流行病学调查情况，介绍了农业部为防止家禽出现疫情的七项防控措施，包括强化免疫工作、加大疫情监测力度、加强流通环节检疫监管等。

秦德超表示，我国家禽禽流感免疫状况良好，不会爆发大规模疫情。

世界卫生组织驻华代表韩卓升最后表示，与往年相比，当时的人禽流感毒株并未变异，疫情形势未发生重大变化，但人感染高致病性禽流感病例的出现表明禽流感病毒仍然存在，并存在变异的可能性，希望卫生部、农业部等部门加强合作，共同做好禽流感防治工作。

二、 采取措施

● 2004 年 1 月 18 日，广西农业厅、水产牲畜局、出入境检验检疫局等六厅局，分别组织的工作组全都奔赴各市、县、区，督促检查当地禽流感防疫落实情况。

● 2004 年 1 月 29 日，国务院总理温家宝主持召开了国务院常务会议，研究部署禽流感防治工作。

● 2004 年 1 月 30 日，全国防治高致病性禽流感总指挥部正式成立。

广西采取措施进行严防

2004 年初，与广西相邻的越南出现禽流感疫情后，广西立即向全区发出紧急通知，部署防止、应对境外禽流感流入广西。

随后，在中越边境百色、崇左、防城港、钦州、北海等沿线同时召开自治区、市、县、乡镇和重点村五级干部会议，提出对外严防死守，对内灭病清源的对策，紧急启动了出入境动物检验检疫应急预案、动物疫情防疫预防预案，加强对辖区疫情监控和紧急处理能力，在边境地区建立免疫带。

1 月 18 日，广西已全面部署并实施禽流感防疫工作。当时，自治区农业厅、水产牲畜局、出入境检验检疫局等六厅局，分别组织的工作组全都奔赴各市、县、区，督促检查当地禽流感防疫落实情况。

广西东兴、凭祥、靖西等地区的卫生防疫部门正紧急为当地禽类注射疫苗，进出口检验检疫、边防等部门也加强了对边境口岸流入货物的针对性检查。

此外，广西已从 16 日开始启动禽流感疫情零报告制度，目前还没有发现禽流感疫情。

广西东兴边防、出入境检验检疫部门，出入境口岸，各互市点，均已在显著位置张贴禁止携带禽类及其产品的标志，互市点内检验检疫员也加强了检查。

广西部署并实施的禽流感防疫工作取得了明显效果，从 16 日以来，没有发现边民和出入境人员携带禽类及其产品。其中，东兴市启动禽流感疫情监控预案，组成了 3 个工作组，在边境线开展督察，加强对边境地区走私的打击力度，24 小时对市场上的生猪、禽类进行检查。东兴市还拨出专款 10 万元，用于对所有家禽注射疫苗和疫情监测。

17 日，自治区政府又发出关于防止境外禽流感流入广西的督察令，同时派出工作组分赴全区各地督促检查。

19 日，自治区政府要求重点地区和重点部门，春节期间加强值班。

23 日，广西隆安县丁当镇一个个体养鸭场发生禽只死亡，经当地兽医部门初步诊断为疑似高致病性禽流感。

疫情发现后，国务院总理温家宝、副总理回良玉作出重要批示，要求广西迅速组织力量做好封锁疫区、坚决扑杀、强制免疫等工作，确保疫情不扩散。

广西壮族自治区主席陆兵连夜赶往事发现场，紧急部署防治工作，严防禽流感疫情扩散蔓延。农业部及时派员赶到广西就防治疫情、查清疫源等进行督促指导。

在国务院的统一部署下，广西各级政府立即按规定将病料送国家禽流感参考实验室进行病原分离和鉴定。同时，当地政府立即采取断然措施，依照《动物防疫法》对疫区进行了封锁，划定隔离圈，扑杀了疫点周围 3 公

采取措施

里范围内所有1.4万只家禽，对5公里范围内的家禽进行了强制免疫。确保"绝不让疫情存留疫区，绝不让疫情流出疫区"。因此，广西各地没有发现疫情蔓延，也尚未发现人员感染。

农历大年初二，陆兵又前往中越边境广西东兴市，对边境地区禽流感疫情防治工作进行考察和再部署，要求建立零报告制度，启动卫生防疫"三网"和"计生网"两大突发公共卫生事件应急网络。

广西疫区等各地干部也提前结束春节休假，投入了禽流感疫情防治工作之中。

1月27日，国家禽流感参考实验室最终确诊广西隆安县丁当镇的禽只死亡是因为感染了H5N1亚型高致病性禽流感病毒。

1月28日，广西壮族自治区政府召集媒体通报会。自治区副主席孙瑜表示，禽流感疫情可防可控，期盼媒体及时发布信息告知公众，广西各级政府会负责任地展开疫情防治工作。

国务院提出防控措施

2004 年 1 月 27 日，广西隆安县发生第一起禽流感疫情，消息迅速传到国务院。

截至 1 月 28 日，禽流感在亚洲蔓延至 10 个国家和地区，一些国家和地区发生了人类因感染禽流感死亡的病例，这些事件引起了我国政府的高度重视。

如何预防禽流感成为亚洲各国最为关注的问题。不少人对这种我们并不熟悉的疾病产生了疑问：

什么是禽流感？禽流感是怎么传染人类的？禽流感到底有多可怕？鸡鸭鹅肉甚至鸡蛋还能不能吃？穿羽绒服、盖鸭绒被会传染吗？我们该怎样预防……

1 月 29 日，国务院总理温家宝主持召开了国务院常务会议，研究部署禽流感防治工作，第二天，全国防治高致病性禽流感指挥部正式成立。

针对高致病性禽流感，会议提出要重点落实好八项防治措施：

（一）已发现疫情的地区，要按照规定的程序及时、准确公布疫情，按照防疫工作要求，坚决扑杀，彻底消毒，严格隔离，强制免疫，坚决防止疫情扩散。

（二）未发现疫情的地区，要抓紧做好防疫的各项工作，同时完善疫情应急预案。要突出抓好重点地区、大型养殖场和养殖专业大户的防疫工作，加强疫情监测，采取有效措施，防止发生疫情。

（三）落实防疫经费，明确补偿政策。对发生高致病性禽流感地区扑杀家禽的损失，要给予合理的补偿，对家禽强制免疫的实行免费，使群众无后顾之忧。对按规定扑杀和强制免疫所需经费，由中央和地方财政分担。

（四）加强科学研究。要组织对高致病性禽流感病毒及其防治进行科技攻关，合理安排高致病性禽流感疫苗的生产和储备，积极开展高致病性禽流感防治的国际交流与合作。

（五）加强对进出口禽类及其产品的检疫工作，防止疫情传入传出。严厉打击禽类产品走私活动。加强禽类市场的管理和疫病检测工作。

（六）认真做好高致病性禽流感防治科普知识的宣传工作，使广大群众了解高致病性禽流感传播的特点和预防知识。

（七）坚决防止高致病性禽流感对人的感染。当前要把重点放在对疫区和高危人群的医学监测和预防工作上。

（八）建立处理突发重大动物疫情的机制。

加紧建立和完善疫情监测、检疫网络，加强动物防疫基础设施建设和基层防疫队伍建设。

在禽流感疫情发生后，国务院领导多次召开专门会议，听取汇报，提出要求，作出部署，切实高效地指导全国预防和治疗禽流感工作。

在这次会议之后，以回良玉副总理为总指挥的全国防治高致病性禽流感指挥部成立并紧张、有序地开始工作，指挥防治工作全面展开。

防治指挥部高效运转

2004 年 1 月 30 日，全国防治高致病性禽流感总指挥部正式成立。

国务院副总理回良玉任总指挥，国务委员兼国务院秘书长华建敏任副总指挥。

指挥部由发展改革委、财政部、卫生部、农业部、质检总局、工商总局、科技部、商务部、海关总署等有关部门组成。指挥部办公室设在农业部，负责处理全国防治工作的具体事务。

2 月 3 日，国务院在北京召开全国防治高致病性禽流感工作会议。华建敏主持会议，回良玉在会上发表重要讲话。

回良玉在会上强调，各地区、各部门要站在全局和政治的高度，认真贯彻党中央、国务院的决策和部署，把人民群众的健康和安全放在第一位，充分认识做好防治工作的重要性和紧迫性，采取综合措施，加大工作力度，坚决打好防治高致病性禽流感阻击战。

2 月 6 日，召开全国防治高致病性禽流感专家咨询会议，听取专家们对防治高致病性禽流感的意见和建议。

中共中央政治局委员、国务院副总理、全国防治高致病性禽流感指挥部总指挥回良玉主持会议并讲话。国务委员兼国务院秘书长、全国防治高致病性禽流感指挥部副总指挥华建敏出席会议。

在认真听取 12 位专家学者的意见后，回良玉强调，搞好高致病性禽流感防治工作，关键在科学技术。要按照"加强领导、密切配合，依靠科学、依法防治，群防群控、果断处置"的指导方针，加强科学研究和科技攻关，推广普及防治技术和知识，为高致病性禽流感疫病防治提供有力支撑。

回良玉指出，我国动物疫病研究领域集聚了一批优秀的科技工作者，这是一支能打硬仗的队伍。要充分发挥广大科技人员的聪明才智，群策群力，科学分析疫情，预测疫情变化趋势，及时提出具有针对性、操作性的防治对策和建议。要按照"统一组织、大力协同、突出重点、合力攻关"的原则，集中优势力量，整合科技资源，开展联合攻关，争取尽快取得关键技术的突破。

回良玉要求各地区、各部门对防治工作要高度重视，做到统一领导、机构健全、部署周密、措施有力。一是加强特效防治疫苗的研制和标准化生产；二是加快测试和诊断技术研究及产品研制；三是抓紧开展禽类流行病学规律研究；四是开展禽流感新的传播途径和防控技术研究。有关部门要进一步加大科研经费投入，保证科研工作需要。

回良玉还要求与会专家，要加强与国际组织、有关国家和港澳台地区的交流与合作，大力开展科技合作研究，协同防治，互相支持，提高高致病性禽流感防治的科技创新能力，为共同做好禽流感防治工作奠定良好的基础。

2月9日，全国防治高致病性禽流感指挥部发出第一号和第二号通知，要求各地区、各部门要切实加强统一领导，抓好关键环节，确保高致病性禽流感防治工作依法有序进行。

通知强调，各地党政军群机关及企事业单位的防治工作，按照属地管理原则，由地方政府统一领导；各地要成立由各有关方面负责人参加的防治指挥机构，统一指挥本地区的禽流感防治工作，统一调配防疫所需资源。

各地必须严格执行《全国高致病性禽流感应急预案》有关疫情报告和确认程序的规定，发生疫情的地方要及时报告，保全病料，对迟报或瞒报疫情的，要依法追究有关地方和部门负责人的责任。

要加强对从事禽类养殖、贩运、加工等职业人员的健康监测，尤其要对疫点地区的上述人员实施重点监测，并开展流行病学调查，对参与扑灭疫情的工作人员配备必要的防护装备，防止高致病性禽流感传染到人。

要依法加强对疫区和非疫区禽类及其产品市场的检验检疫，打击非法销售、储藏、加工疫区禽类及其产品的不法行为，保证质量安全。

加强对来自疫区运输工具的防疫消毒和出入人员的卫生检疫，对非疫区经检疫合格的禽类及其产品的流通，任何地方和个人不得以任何理由阻断或限制，要依法保障货物正常流通和道路交通畅通。

通知要求各地区、各有关部门要高度重视、切实加强禽流感疫苗的监督管理。要依照有关法律和规程，立即对禽流感疫苗生产、供应、使用等单位进行一次全面检查。

禽流感疫苗生产单位须经农业部认定，按有关技术规范和标准组织生产，严格安全和效力检验。生产的合格疫苗须粘贴由中国兽医药品监察所统一印制的专用防伪标签，未粘贴该标签的，一律禁止销售。

各级工商行政管理部门和公安机关，要积极配合畜牧兽医行政管理部门依法查处生产、销售假劣疫苗的案件，严厉打击各种制售假冒伪劣疫苗的违法犯罪行为。

从2月1日到2月20日，全国防治高致病性禽流感指挥部前后召开4次全体会议，周密指导部署全国的防治工作。

在全国防治高致病性禽流感总指挥部的统一指导下，发生疫情的地区，迅速行动，果断处置，做到了疫情不扩散和人员不感染。

全世界都看到，中国在不期而至的禽流感疫情面前表现得从容而冷静，防治工作秩序井然、忙而不乱、老百姓心态平和、充满信心。禽流感成了全国上下的热点话题，但未影响人们正常的生活和生产秩序。

温家宝检查防治工作

2004 年 1 月 31 日至 2 月 1 日，国务院总理温家宝在安徽省、湖北省检查禽流感防治工作。

一起考察的还有国务院副总理、全国防治高致病性禽流感指挥部总指挥回良玉，国务委员、国务院秘书长、全国防治高致病性禽流感指挥部副总指挥华建敏等人。

温家宝在安徽省领导和湖北省领导的陪同下，先后到发生高致病性禽流感疫情的安徽省马鞍山市石马村和湖北省武穴市石佛寺镇检查工作。

他深入疫点现场，详细询问疫情，走村串户，了解疫区家禽扑杀、免疫和政府补偿政策的落实情况。他还考察了乡镇畜牧兽医站，向辛勤工作在防疫第一线的基层兽医工作者表示慰问，希望他们切实搞好疫情监测，做好防疫服务工作。

温家宝在芜湖和武穴还分别听取了安徽、湖北两省防治禽流感情况的汇报，并就当前高致病性禽流感防治工作作了重要讲话。

温家宝最后指出：

当前我国经济社会发展势头良好，任务十分繁重。要按照中央的部署，继续推进改革发

展稳定的各项工作。

　　农村工作要统筹兼顾，坚持"两手抓"。一手抓禽流感疫病防治，这项工作不可掉以轻心；一手抓农业生产和农民增收，这项工作丝毫不能松懈。

　　春耕在即，要做好越冬作物的田间管理，搞好春耕备耕工作。要研究促进养殖业健康发展的政策措施，尽量减少禽流感疫情造成的损失，努力实现农业和农村经济发展的各项目标。

根据指示，有关地方和部门认真贯彻落实党中央、国务院领导同志重要指示精神，各司其职，协同配合，全力以赴做好禽流感防治工作。

● 采取措施

农业部发布防治措施

农业部等部门按照国务院的要求，迅速行动起来，把高致病性禽流感防治工作作为当前的一件大事，采取了一系列紧急措施，严防疫情扩散和蔓延。

农业部副部长刘坚曾在国务院新闻办举行的中国禽流感防治工作新闻发布会上说，高致病性禽流感是 A 型流感病毒引起的一种禽类毁灭性疫病。中国从 1 月 27 日公布首例确诊高致病性禽流感疫情以来，截止到 2 月 4 日，共出现高致病性禽流感疫情 23 起，其中疑似 18 起，确诊 5 起；全国合计病禽 56417 只，死亡 49236 只，扑杀 1215057 只。已发生的几起疫情已得到较好控制，没有发现感染人群的情况。

中国高致病性禽流感疫情的发生有三个特点：一是成点状散发状态；二是南方疫情相对较重，主要集中在华中、华东、华南等区域；三是病毒毒力比较强。

H5N1 亚型毒株除致鸡大量发病死亡外，还会使鸭、鹅等水禽致病。在发生的疫情中，鸡 16 起，鸭 5 起，鹅 2 起。

关于防治工作情况，刘坚说，前一段时间，针对高致病性禽流感疫情，中国政府主要采取了以下防治措施：健全组织领导体系；迅速扑杀和控制疫情；严格规范疫情诊断和报告制度；紧急组织疫苗生产和储备；切实加强指导督察；积极开展国际合作。

中国政府采取的防治方针是：加强领导、密切配合，依靠科学、依法防治，群防群控、果断处置。

在措施上，坚决把疫情扑杀在疫点上，防止疫情扩散。没有发生疫情的地区，抓紧做好预防工作；开展医学监测，坚决防止禽流感疫情向人群传播；落实防疫经费，明确补偿政策；加强进出口检验检疫，严防疫情传入和传出；加强科研攻关和科普宣传，依靠科技搞好防治工作；进一步完善和规范有关疫情报告及处置制度；落实防治工作责任制和责任追究制。

在新闻发布会上，刘坚和卫生部副部长王陇德，农业部总畜牧师、农业部禽流感防治工作新闻发言人贾幼陵，还共同回答了记者提问。

农业部紧急加大工作量

在北京东三环长虹桥东北角中华人民共和国农业部，全国禽流感防治指挥部办公室就设在这里。当全国人民还沉浸在春节的欢乐气氛里时，这里早已开始了紧张而有秩序的工作。

2月8日这天虽然是个星期天，但在值班室加班登记簿上，当日的记录多达10页。春节期间连大年三十仍有不少人在加班。自从1月29日全体人员归位之后，这座大楼里就没有了春节的概念，没有了周末。

来这里采访的记者沿着楼梯拾级而上，不时撞见手持文件步履匆匆的工作人员。六楼防治组的临时大办公室里，七八个人在各自忙碌着，有的一边接听电话，一边记录，有的在起草着什么。墙角边支了张小床，旁边放着快餐纸箱，空气中到处弥漫着方便面的味道。

八楼的畜牧处，办公室里响起七嘴八舌的讨论声，虽然不知道他们在说什么，但"禽流感"三个字却格外清晰。

十楼一个房间里坐满了人，气氛紧张，原来是综合组正在开会，部署下一阶段防治禽流感工作。

在十一楼的负责禽流感协调工作的秘书处，电话铃声此起彼伏，本想采访的记者竟然插不进话，等了又等，只得悄然离去。

"忙，家都回不去。"农业部中国兽医药品监察所检测技术研究室主任宁宜宝教授说。自从来到指挥部，宁教授就很少回家了。记不清每天要接多少电话，反正平日里能用三四天的手机电池现在得天天充电。说话间，手机又响了，一接，是一个养殖户打来的。

文印室正忙着排版的盛丽萍对记者说："反正是天天超负荷运转，有时一天得排四五百个版。"

快到 13 时了，在部里餐厅，记者看到杜青林部长匆匆走进来，脸上略显疲惫。

据悉，自从 1 月份以来，农业部有关司局的同志连续数日加班加点，经常通宵达旦，为加强禽流感防治工作，付出了很大的努力，保证了各项工作的顺利进行。

"对于禽流感，农业部抓得紧，抓得早。早在春节前，农业部就专门成立领导小组，并且召开第一次会议，开始运转。全国防治禽流感指挥部成立后第二天，农业部的防治组就宣告成立，主要承担防治工作。"在稍事休息的时候，全国畜牧兽医总站副站长于康震接受了记者的采访。

于康震介绍说，防治组的首要任务就是指导、督促各地制订防治禽流感工作预案、地方禽流感疫情处理和防疫工作并检查实施情况。防治组成立前，农业部就已先后派出 10 多个督察组，分赴将近 20 个省市。其次是组织制订全国禽流感防治预案、规划，起草有关技术规程。

此外，防治组还负责禽流感疫情监测，及时提出全国禽流感疫情控制措施和政策建议。比如重点研究免疫、扑杀和产业损害救助政策等；提出有关防治知识的宣传要点、培训计划和群防群控指导意见；组织和指导流行病学调查和疫情监测；开展对重点地区、重点人群的流感监测，制订并组织实施《全国卫生系统人与禽流感疫情应急处理预案（试行）》；抓紧协调加入世界动物卫生组织的有关事宜。其中有多个方案措施已被采纳应用。

那些日子，农业部又派出 5 个组分赴疫区进行督察。

在 1 月 27 日广西省隆安县发现第一起禽流感疫情后，农业部立即启动应急预案，对发生疫情的地区，组织力量依法对疫点周围 3 公里范围内的禽只进行扑杀和无害化处理，对疫区周围 5 公里范围内的禽只实行强制免疫，对疫点、疫区和受威胁区进行大面积消毒。同时开展受威胁区的紧急监测工作。

当疫情突如其来，广大群众最需要的是及时了解有关疫情的科学知识以及如何实行科学预防。因此，疫情发生后，农业部立即抽调专家组织编写"两书一挂图"即《高致病性禽流感防治知识问答》《高致病性禽流感防治政策法律问答》《高致病性禽流感防治挂图》。经多位专家夜以继日几审几校，仅仅历时 5 天，"两书一挂图"就由农业出版社印刷出版，并免费向各地赠阅。

图书和挂图以简明扼要、通俗易懂的方式，科学准确地介绍了高致病性禽流感的特点、症状与诊断、防治政策和措施，以及群众关心的相关问题，对广大群众及时了解、防治高致病性禽流感具有帮助作用。

在指挥部，宁宜宝教授不仅是专家组的成员，还是一位"义务宣传员"。他告诉记者："大家最关注的是疫情会不会扩大，应该怎样采取措施使疫情得到控制，也有的消费者考虑更多的是，吃哪样食品更安全，疫区禽类及其蛋类能不能食用，人会不会感染病毒，人怎么做好防护，也有的人对概念性问题不很清楚，比如，禽流感是怎样一种病毒？是怎么引起的？有关疫情流行的特点？当然还有从养禽角度询问的，如养的鸡卖不出去，该怎么办？如何补偿被扑杀的禽类……"

正说话间，宁教授的手机又响起。"因为市场上销售的禽类和禽类制品是经过兽医卫生部门严格的检验和检疫的，病禽和不合格禽类制品不会进入市场流通，所以超市里的肉及蛋类可放心食用。当然，也要注意饮食卫生，对禽蛋等食品要高温烧熟烧透，防止外熟里生。"他尽力解答着消费者的疑问。

办公厅秘书处处长彭小元说，该处承担着防治禽流感综合组的协调工作，主要负责信息上下沟通的传输工作。中央、国务院的指示部署，部里的防治措施意见建议的上报都通过这个部门。平日里，作为值班室，小到询问农业部电话，大到中央领导传达指示，都可能找到这个部门。而防治禽流感的特殊时期，工作量更是成倍增加，许多紧急文件必须及时呈送处理，联系落实，收集整理，按程序报送，不能耽误。因此，从 1 月 29 日开始实行双班制，因为情况繁多，一个人根本忙不过来。

一个人根本忙不过来的事情，在这个特殊时期却是那么井然有序，这里凝结着多少人的辛苦和付出。

畜牧局局长沈镇昭每天只能睡 3 到 4 个小时，已经连轴转好几天了，他主要负责向部里和国务院准备汇报材料，起草修改文件。晚上累了只能在办公室的沙发上休息一会儿。而行业发展和科技处调研员谢双红，连续加班好几天，走路竟然一头撞到玻璃墙上，眼睛都撞肿了。

据前方督察组反馈，各有关方面果断决策，紧急处置，疫区群众密切配合，目前疫情已部分得到有效控制，广大群众情绪稳定，生产生活秩序正常。

农业部相关负责人接受采访时说，由于中国家禽饲养比较分散，冬春季病毒极易传播，加上我国动物防疫体系还有薄弱环节，人们对禽流感和防治禽流感的知识了解不够，中国防治高致病性禽流感的工作任务仍然十分艰巨。

农业部相关负责人表示，在党中央、国务院的正确领导下，只要坚持求真务实的精神，落实"加强领导、密切配合，依靠科学、依法防治，群防群控、果断处置"的方针，做好应对各种困难和复杂局面的充分准备，将各项防治禽流感的措施落实到位，我们一定能取得最终胜利。

质检总局启动应急预案

2004 年 2 月 12 日，国家质检总局正式启动《高致病性禽流感疫情进出境检验检疫应急预案（试行）》，希望以此提高检验检疫系统防治高致病性禽流感的应急处理能力，保证及时、准确、高效地处置高致病性禽流感疫情，防止疫情传入传出。

《预案》要求：

严格对旅客携带物品和邮寄物品的检验检疫，禁止邮寄或旅客携带来自疫区的禽类及其产品入境。加强对来自疫区运输工具的检疫和防疫消毒，对运输途经禽流感疫区的进口禽类，作退回或销毁处理。

《预案》还要求检验检疫部门与相关部门配合，加强对来自疫区的走私等非法活动的打击，对毗邻境外疫区的边境地区和入境货物主要集散地区开展禽流感疫情监测。当毗邻国家或地区发生高致病性禽流感疫情时，要对受疫情威胁边境地区的易感动物实施紧急免疫，建立有效免疫防护带，关闭禽类边贸交易市场，停止边境地区禽类及其产品的大型交易。

● 采取措施

045

《预案》指出：

当境内发生高致病性禽流感或疑似疫情时，检验检疫部门要加强出口货物查验，停止来自疫区及受疫情威胁区的禽类及其产品的出口。对在疫区生产已运抵口岸的出口禽产品及其加工原料，须就地封存。加强对非疫区出口禽类养殖场和屠宰、加工、贮存、运输企业的监督管理，加强出口前检查和养殖场疫情监测，严禁企业收购疫区禽类及其产品进行加工出口，保证出口禽类及其产品的健康、安全。

《预案》还对口岸突发人禽流感卫生检疫监测、流行病学调查、疫情报告与处理作出了具体规定。

政府及时补偿疫区损失

2004 年 2 月 11 日，国务院总理温家宝主持召开国务院常务会议，研究部署当时的防治禽流感工作，批准扶持家禽业发展的若干措施。

2004 年广西隆安禽流感疫情发现后，当地政府立即对疫点 3 公里以内的家禽全部进行扑杀深埋处理。隆安县丁当镇第 12 村民小组距离疫点约两公里。政府上午扑杀了他们的家禽，下午就进行了补偿。

广西隆安县丁当镇第 12 村民小组组长卢寿海说，政府还及时发放了补偿金，加速了他们防控疫情的速度。他们大多数人理解和支持政府的做法。

"我们要采取更有力的措施，确保农民损失降到最低，不能让农民因一场禽流感受到打击而一蹶不振。"甘肃省白银市靖远县县长于萍在接受记者采访时如是说。

靖远县东升乡柴辛村养鸡户宣立普说："我家总共有1780 只鸡被扑杀，当时心里确实很难受。但政府很重视，也没有不管咱，很快就发放了部分补偿金，疫情过后还要发放一批。我自己再贷一些，力争尽快恢复养鸡。"

在广东罗定市，家禽扑杀的都是山区零散养殖户，工作人员翻山越岭逐家将补偿金发放到农户手中。当地村民说，钱虽少，但体现了政府对农民的关心。

天津市在对疫点周围 3 公里区域内的 28 万只禽只进行扑杀、严控疫情扩散的同时，快速及时出台了补助政策。从 2 月 10 日开始，天津市财政局拨付的 360 万元补助金就全部发放到了受损养殖户手中。

平舆县是河南省唯一的一个禽流感发生区。为了减少农民的损失，平舆县委、县政府对被扑杀家禽后的养殖户立即进行补偿，发放补偿款 1400 多万元，300 多家养殖户拿到了补偿金。

"党和政府的恩情我一生一世不会忘！今后我要科学养殖、搞好防疫，继续办好畜禽养殖场，带领农民共同致富，以实际行动报答党和人民！"当江西省鹰潭市下辖贵溪市志光镇飞龙生态养殖场养殖大户谢晓龙接过干部送来的补偿金时，百感交集，连声感谢。

贵溪市组织干部深入志光镇和硬石岭水库管理局的 8 个村（场），帮助疫区群众广辟增收门路。供销部门为每户特困农民上门送了 250 公斤化肥；农业部门赠送优良水稻种子 1000 公斤，道家塘村每户免费领到 2.5 公斤早稻良种，技术人员深入果园指导品种改良和科学管理；劳动部门在村里开起了招工现场会，组织南方照明、新世纪水泥等企业招收疫区农民工 60 余人，帮助疫区增加非农收入；金融部门为损失较大的 45 家养殖户办理了小额贷款，帮助他们发展多种经营，并及时兑现了飞龙生态养殖场和疫区农户的补偿金累计 9 万多元。

疫点所在的皇桥村村支书吴义珠高兴地说："至今为

止，市里为我们村每户送来了免费良种，给困难户送来了化肥，农技师下到田头来指导，今年全村农民增收有希望！"

拿着政府发放的补偿款，河南省平舆县养殖专业户张家顺十分激动："政府说到做到，俺没啥说的。"正在建蔬菜大棚的张家顺说："堤内损失堤外补，4500块补偿金能建两个大棚，我种上西红柿，秋季就能收回本钱。"

在当地党委政府的带动下，平舆县疫点区域内47个村的家禽养殖户，及时调整自己的养殖或种植计划，有的外出打工，有的建温室大棚，都想靠新的项目致富。

云南省呈贡县发生禽流感疫情后，政府及时向受灾村民发放了补偿金。

郭金喜老人高兴地领到了政府发放的100余元家禽补偿金。

多少年来，小新册村的村民郭金喜老人一直靠养鸡补贴家用。他腿脚有残疾，一直过着独身生活。春节前他卖了100多只成鸡，剩下10余只留着下蛋。为了养鸡，他可没少操心，三天两头就要消毒、喂药，防止生病。可是没想到附近石龙湖养鸡场出现了疫情，按照规定，他养的这些看起来很健康的鸡也在扑杀之列。

老人非常配合前来扑杀的工作人员，还帮着劝解其他村民，说："只要村里人都好好的，我们受点损失也没什么。现在还得到补偿，我很感谢政府。"除了郭金喜外，村里的几户养殖大户也同时如数领到了补偿金。许多村民表示，等疫情一过，就要用这笔补偿款把养殖业重新搞起来。

浙江省出台了"三减免"政策扶持家禽业健康发展，并且要求各级政府对因发生禽流感疫情或疑似病例而扑杀的禽类动物，给予生产补偿，确保农户利益不受损害。

浙江省政府要求：各地工商部门视情减免家禽经销户受灾期间的市场交易规费；有关市场和企业减免家禽经营者的摊位费；对专运浙江省活禽及其产品的货运车辆，免收通行费；对重点家禽养殖场、专业合作社、加工企业、种禽场等受禽流感疫情影响较大的企业和养殖大户，减免部分政府性基金和行政事业性收费。

此外，浙江省政府还出台了一系列优惠政策扶持家禽业稳健发展。例如，金融机构给予受影响较大的企业和养殖户信贷扶持，省、市、县财政安排一定贴息资金；各级财政重点扶持规模大、影响面广的种禽核心基地、扩繁基地和孵化企业。

国家财政的及时补偿稳定了民心，也使得扑灭疫情的工作能够顺利有效地开展。

三、 科学防治

● 2004 年 1 月 28 日下午，湖北畜牧、卫生、防疫等部门迅速行动，把疫苗发放到 3 个乡镇的各个村组，对疫点周围 3 公里以外，5 公里以内的所有家禽接种禽流感疫苗。

● 在发生禽流感疫情的广东潮安，数百名镇、村基层兽医工作者接到疫情报告后，在第一时间奔赴疫点，紧急展开扑杀、消毒等行动。

● 16 时，新江口镇召开的全乡家禽免疫工作会议结束，对疫苗接种工作进行了分工，20 多名防疫人员分成 3 组，分赴 3 个村庄进行免疫。

疫区高效处理疫情

2004 年 1 月 26 日，湖北省武穴市一林场养鸡专业户出现禽只死亡，当地兽医部门初步诊断为疑似高致病性禽流感。

在鄂州市华容区蒲团乡，从农历正月初一到初七，瓜圻村 3 组两户农民养殖的鸡相继死亡。刚开始，人们以为是农村常见的鸡瘟，后来有群众从媒体上了解到禽流感疫情，通过市长热线电话向政府反映，引起了市里的高度重视。

得到报告后，当地各级政府和有关部门全力以赴投入到防治禽流感的工作中。市、区、乡迅速行动起来，按国家有关法规进行严密处理。

1 月 28 日下午，湖北畜牧部门调集的 10 万支禽流感疫苗运到武穴后，当地畜牧、卫生、防疫等部门迅速行动，把疫苗发放到 3 个乡镇的各个村组，当天 21 时，就对疫点周围 3 公里以外、5 公里以内的所有家禽接种禽流感疫苗。

各级干部还组织行动、宣传、消毒和卫生打扫 4 个专班进村入户，对半径 3 公里以内的家禽进行摸查、登记，并开展消毒和防范工作。

经处理后，禽流感疫情得到了有效的控制，没有发现人员感染。

1月21日下午，湖南省武冈市原城东粮站一个体户所办的养鸭场部分鸭子出现病状，23日部分死亡。

当时，武冈市动物防疫工作人员立即赶赴现场，一方面对养鸭场进行严密的封锁，迅速组织扑杀；一方面采样送检。

科研人员对送检的病料进行消毒处理后，随后进入参考实验室对生物送检的病料进行检测、分析。

据国家禽流感参考实验室主任陈化兰介绍，为了最终鉴定病毒的性状，首先要对送来的病料在鸡胚中培养，再对高含量病毒进行血凝试验。科技人员表示："我们的技术水平和国际上其他参考实验室是等同的。"

武冈市政府随即采取紧急措施，派出1300多名干部到疫区，对疫点周围3公里的家禽进行扑杀，并对疫点周围3到5公里范围内的所有禽只进行强制免疫。

湖南省动物防疫部门也派出两个专业防治小组，赶赴疫区，指导防治工作，使疫情得到了有效控制。

湖南省还为武冈调拨了35万元家禽扑杀补偿款和20万元防疫款，以及紧急调运100万支疫苗，对疫点周围3到8公里范围内的100万只家禽展开免疫工作。

2月初，广东潮安县也发现了疑似禽流感疫情。

2月1日上午，在刚发现疑似禽流感疫情的广东省潮安县古巷镇水美村，在国家防治高致病性禽流感指挥部派出的督导组专家的指导下，正进行一场对疫点3公里范围内的家禽进行无害化销毁行动。

在离镇区约 5 公里的水美村顶乡的一处山地上，当地农民挖出了一个纵深约 4 米的大土坑，一辆小货车运来装载着刚在疫点 3 公里范围内收缴来的一袋袋家禽，身穿防护服的工作人员把它们推进土坑，浇上消毒水、柴油，然后进行焚烧，之后再浇盖石灰，最后掩上泥土，掩土厚度达 3 米。

督导组负责人谷继承说：

> 今天采取的措施都是严格按国家有关法规进行的，整个过程很规范。

据督导组成员、兽医师苏增华介绍，这个疫点的病料已送国家指定的检验单位进行检验，目前尚未确诊。疫区也尚未发现人员受到感染。

在疫点养鹅场不远的一处瓦房里，潮安县疾控站的工作人员正在给发现疑似禽流感疫情养鹅场的主人李绪进夫妇进行抽血、检查。

李绪进说，前些天，他所饲养的 147 只小鹅淋了雨后，开始不进食，后来就出现很多小鹅病死的情况。他对政府采取的措施表示支持，并积极配合。

在疫点 3 公里范围内的所有道路，已铺撒石灰，沿路可见各村都在喷洒消毒水。在出疫区的路上，每个检查点，防疫人员都对车辆进行消毒处理。

在这一天的行动中，潮安县古巷镇 100 多名干部和警察全部出动，到疫区各村挨家挨户收缴家禽，并做好群众宣传工作。

2 月 1 日，疫情所涉及的 20 个村民小组 793 户的 1.65 万只家禽已全部扑杀、焚烧，并在疫区、离疫区 3 公里和 5 公里等处设立了 4 个哨所，对来往人员、车辆进行消毒。

在禽流感疫情刚发生时，全国各省各地及时、迅速、高效、有序地处理了疫情，确保了人民身体健康和社会稳定。

采取强制的免疫手段

2004 年 2 月 3 日，地处两广交界的"中华名鸡"杏花鸡养殖大县广东封开县，启动疫情应急工作，做好疫情监控防范。该县禽类市场秩序良好，未发现有高致病性禽流感疫情。

从 2 月 1 日下午起，该县杏花鸡养殖龙头企业杏花源公司饲养的杏花鸡已全部注射了疫苗，还向广东省有关部门订购了 100 万支疫苗。

用于农村各家各户分散饲养禽只的注射防疫，已经做到"户不漏禽，禽不漏针"，对全县所有禽类进行接种疫苗。

该县今年杏花鸡饲养量将达 500 万只，由于邻近禽流感病发区广西，当地政府部门及时组织有关部门加强对经营禽类市场、酒楼食店及禽类养殖地进行全面的检查、消毒和监控，对不合格的经营场所等实行关停。

在海南省，面对海内外暴发的禽流感疫情，省检疫部门已采取一系列措施，严防禽流感入侵。

海南检验检疫部门采取的措施包括：

加强对越边贸的检疫监管，对通过边贸方式从越南输入禽鸟及其产品一律禁止进境；

密切关注广西、湖南、湖北等疫区的禽鸟及其产品的流向，坚决杜绝疫区产品从海南口岸出口；

加强禽鸟及其产品、交通运输工具和出入境人员的综合管理；

组织有关部门对市场、冷库、宾馆和禽类产品加工点进行清理检查，防止非法进境的禽鸟及其产品进入流通领域。

在湖南省武冈市禽流感疫情被确诊后，该省加大禽类产品及其经营场所检疫监测力度，严防禽流感疫情扩散蔓延。

检疫人员仔细检查了该市各大超市禽类产品的进货记录、检疫证明，并对部分产品现场检疫，凡不能向消费者公示检疫证明的动物产品均被责令不准上柜销售。

在湖南武冈市疫区，动物防疫人员在疫点周围3公里以外5公里以内实施免疫，并再次对疫点和家禽填埋点清查消毒，以阻断疫情扩散。

为防患于未然，湖南各级动物防疫部门已会同工商、质监等部门，对全省的400多个家禽批发市场和各大家禽饲养基地严密监控，做好防疫、消毒工作。

同时，湖南省还加大了对运输过境的禽类产品的检验、检疫力度，对运输工具严格消毒，并制订了各种应急处理预案。

2月1日下午，湖北宜昌市伍家岗区发生的大面积家禽死亡，被国家有关部门检测证实，确认为疑似高致病性禽流感疫情。

疫情发生后，宜昌市工商局立即采取措施，开始全面清查家禽市场，严防家禽流通市场成为传播途径。

自2日起在全市各市场开始摸底调查，制发《宜昌市工商局预防禽流感巡查登记表》，对所有销售、养殖家禽的单位和个人进行登记；各单位成立了相应的巡查专班，杜绝来自疫区的家禽进入市场；其次，加强宣传，强化预警，对拒不改正的单位和个人，进行从重、从严查处。

此外，各基层分局、工商所与辖区市场业主签订禽流感防治工作责任书，严禁从疫区进货，禁止未经集中检疫的家禽进入市场。

因此，宜昌市家禽市场还没有发现疑似病例。

面对禽流感，山东省则举行专门会议部署防治禽流感工作，推出四项举措，加强对禽流感的防治。

省政府推出的四项措施包括：

政府系统立即健全防疫指挥系统；

加快制订和完善防治应急预案，搞好物资、资金储备和队伍建设；

各有关部门协调配合，在重要地段、路口设立检查站，确保阻断一切外来病源；

一旦发生疫情，要不惜一切代价尽快扑灭，拔除疫点，力争将损失降到最低程度。

在山西省，为全面紧急部署全省的预防禽流感工作，各地普遍建立起防控预备队，对所辖区内的禽类养殖和加工厂进行了严格检查，做好紧急物资和防护用品的准备工作。

山西各地采取了强制免疫手段，加大高致病性禽流感的强制免疫力度。在 20 天内，对全省境内的鸡进行了强制免疫。在与邻省地界，形成了一个 30 公里宽的免疫隔离屏障。

防疫人员奋战在第一线

2004 年 2 月，在湖南、湖北、江西、广东、云南、甘肃等地发生禽流感疫情后，当地兽病防治人员、基层卫生工作者发扬无私奉献的精神，连续奋战在第一线，为禽流感防治工作作出了突出贡献。

1 月 29 日，湖北省鄂州市动物检疫站的李庆华就一直"猫"在离疫区最近的哨所。说是哨所，其实就是一个简陋的帐篷，里面空间很小，摆了一张临时床铺，几箱方便面和消毒药液凌乱地放在了一边。

李庆华说：

> 我们有 4 名兽医在这里轮换值班，每人每天工作 12 小时。这个村有 2000 多人，每天进出村的人比较多，消毒工作量挺大。但防疫事关重大，努力防止疫情扩散，不让老百姓受更多的损失，这是我们兽医部门应尽的职责。

1 月底，接到贵溪市志光镇飞龙生态养殖场鸡群死亡的报告后，防疫人员毛银善马上背起出诊箱就直奔养殖场。为弄清情况，他一连解剖了 10 多只病鸡、死鸡，获取了大量病料，并说服养殖户配合有关部门的工作。

在阻击禽流感的近 1 个月时间里，毛银善负责指挥和调度全市的家禽强制免疫接种等多项工作，每天 6 时离家，第二天一两时回家。

广大基层畜牧兽医人员日夜奋战在防疫第一线。截至目前，当地已强制免疫家禽 144 万只，免疫接种率达100％，有效地控制了疫情。

湖南益阳市赫山区岳家桥镇威家村村民胡跃辉饲养的鸡鸭突然死亡，区动物防疫站和镇兽医站的专业技术人员立即赶到村里，对他饲养的家禽进行临床诊断，同时对病、死家禽进行了无害化处理，划定了疫点界线。

2 月 17 日，中国农业部接到国家禽流感参考实验室的鉴定报告，已确诊在湖南邵东县、益阳市赫山区发生的疑似高致病性禽流感为 H5N1 亚型高致病性禽流感。

岳家桥镇被确定为疑似禽流感疫区后，赫山区 20 个乡镇的兽医站全部行动起来，组织 268 名兽医人员对家禽养殖场地进行了挨家挨户的排查。

检疫员肖正良身患重感冒，但接到通知后，二话没说，就上了火线，几天几夜没合眼，直到疫情得到控制。

不管是深夜几时，邵东县的防疫人员只要接到病情报告，就立即出动会诊，每天工作 12 个小时以上。同时，县属各乡镇畜牧站 250 多名职工无私工作在一线。疫区 3 个乡镇的兽医人员紧张地在疫区周围 5 公里威胁区开展免疫接种工作，3 天内免疫接种家禽 12 万多只。

疫情发生后，当地政府立即采取紧急强制免疫措施，

科学防治

疫情很快得到了控制。

哪里有疫情，哪里就有基层兽医忙碌的身影。在发生禽流感疫情的广东潮安，数百名镇、村基层兽医工作者接到疫情报告后，在第一时间奔赴疫点，紧急展开扑杀、消毒等行动，对疫点周围地区的家禽进行紧急免疫。从1月底到2月19日，他们每天都吃住在疫区，他们说，疫情一日不除，他们就一日不收兵。

在还没有出现疫情的地区，当地基层兽医也日夜走村串户，对禽只进行地毯式免疫，做到"镇不漏村、村不漏户、户不漏禽、禽不漏针"。

广东陆河县是一个山区县，农户家禽养殖分散，有时为了给几只鸡注射疫苗，兽医人员要翻山越岭，走几十公里路，但他们毫无怨言。

防疫人员忘我的工作精神深深地感动了当地群众。湖南益阳市赫山疫区养鸡大户李大爷养的800多只鸡没有一只得病，但他仍然发动全家将鸡全部拉到指定地点进行了掩埋。

1月20日下午，接到河南省平舆县东皇庙乡小陈庄蔡元庆养鸡场有可能发生禽流感疫情的报告后，河南省畜牧局兽医防治站站长吴志明等3名专家，连夜赶赴平舆疫点，进行现场诊断。

平舆县畜牧及卫生防疫部门的300多名工作人员，按照事先制订的禽流感防治应急预案，立即对疫区范围内的1.9万只家禽进行了应急处理。同时对疫点外3至8

公里范围内 9.18 万只家禽进行了强制免疫接种。

由于畜牧及卫生防疫部门工作人员行动迅速、工作负责，从疫情得到初步诊断到疫情威胁区范围内近 10 万只健康家禽强制免疫工作结束，平舆县仅用了不到 36 个小时的时间。

在云南呈贡、石林、官渡等发现疫情的县区，当地卫生部门和疾病预防控制中心的工作人员与兽医防疫人员一起在第一线连续奋战几十个小时，为密切接触者进行健康检测，发放隔离服装，及时进行消毒。在疫点外围设立关卡，对来往的人员和车辆进行消毒。

为了防止疫情扩散，防疫人员在疫点周围 3 公里到 5 公里的范围内实施强制免疫，建起了免疫带。一些规模化的养禽场和重要交通沿线也实施了高密度免疫工作。到 2 月为止，云南省为家禽注射禽流感疫苗 1280.56 万只。

针对昆明城区附近疫点集中的状况，昆明市设立了 28 个监测点，对重症感冒患者进行监测。至 2 月 15 日，云南共对 953 名与感染禽流感的病禽密切接触的人员进行了医学隔离观察，已解除 899 人，其余人员尚未到解除隔离期，但 6 名发热患者均已排除了感染禽流感的可能性。

2 月初，甘肃省靖远县东升乡柴辛村发生疑似禽流感疫情。在确保疫情得到有效控制的同时，甘肃省靖远县利用现有乡镇兽医站积极构建基层疫病的监测网络。

针对承担农村一线动物防疫任务的县乡畜牧兽医站人手紧等实际问题，靖远县对该县畜牧中心及各乡兽医站60多名专业人员进行了全面培训。专业技术人员接受培训后，又分赴各乡镇，全面开展禽流感疫情普查和流行病学调查工作，及时分析、掌握疫情态势。

当时，在这个县养鸡大镇北湾镇，一辆"防治禽流感宣传车"的高音喇叭正在广播防治禽流感相关知识，镇兽医站的工作人员向过往群众发放宣传资料。据北湾镇工作人员介绍，相关的宣传广播已经覆盖到这个镇的6个行政村，每隔一两个小时就要播放一次。

疫情就是警报，疫情就是命令。面对来势凶猛的禽流感疫情，各级政府切实维护群众利益，紧紧依靠群众展开防治工作。

发现疫情的地区和未发现疫情的地区都已行动起来，一张防控禽流感疫情的大网已全面铺开。各地群众万众一心，同舟共济，与疫情展开顽强斗争。

基层工作者高度负责

2004年2月8日，58岁的陈远蔚因阻击禽流感劳累过度诱发心脏病辞世。

2月6日8时，湖北省松滋市新江口镇畜牧兽医站，副站长陈远蔚接到站长贾春波的电话说："荷花冲村鸡鸭死亡确诊为疑似禽流感了，赶紧联络咱们的人员对家禽做免疫接种。"

在此前的1月底，松滋市陈店镇荷花冲村3组陆续发生鸡鸭死亡事件。这次疑似禽流感疫情被确诊后，共有3个村745户村民的两万多只家禽，需要全部进行疫苗注射，并需要对4.5万平方米的范围进行消毒。

当时，陈远蔚立刻逐一联系了20多名防疫人员，并和几名防疫人员取来免疫药品和器材。

"小尤，咱俩换一下，你替我值班。"尤革清回忆，当日14时，陈远蔚副站长忽然对她提出换班要求。尤革清说，按照兽医站值班表，陈远蔚只需在办公室接听疫情报告电话就可以了，而换班后，陈远蔚就要上前线了。

16时，新江口镇召开的全乡家禽免疫工作会议结束，对疫苗接种工作进行了分工，20多名防疫人员分成3组，分赴3个村庄进行免疫。陈远蔚带领6名兽医防疫员，来到了路途最远、工作量最大的青岭村。

青岭村村委会主任周用海说，陈远蔚一边跟着周用海对各个小组的免疫情况进行巡视，一边帮助其他兽医进行疫苗的接种。

当天晚上，周用海发现了一个细节，陈远蔚工作时穿着厚厚的棉袄，但还是一个劲儿打寒战，身子不停地发抖。见此情况，周用海便立刻拉陈远蔚进屋休息。

陈远蔚听到他的建议后，一下子瞪起了眼说："这哪行？我是主管业务的副站长，能不跟着他们一起防禽流感吗？"说着，陈远蔚拾起一个摩托车头盔戴在头上，用做防寒护具。

陈远蔚一直戴着头盔工作到 7 日 5 时。其后，陈远蔚等兽医回到镇上，在一家小吃部吃早饭，新江口镇分管农业的副镇长牟桂林对陈远蔚说："老陈，你还行吗？"

陈远蔚回答："行。"

饭后，天还没有亮，陈远蔚对杨海炼、韩昌池、周远榜 3 名 20 多岁的兽医说："现在回去不安全，你们都先暂时到我家去吧。"由于陈家没有多余的床，陈远蔚就陪着 3 名小伙子聊天聊到天亮。

3 人走后，陈远蔚就接到群众报称陈家冲村的猪死了，他马上赶到农户家里检查。直到 19 时，陈远蔚才回到家。

到 8 日早晨，家人喊他，没有应声，才知他去世了。

"工作事无巨细，高度负责。"一位同事这样评价陈远蔚的工作态度。

站长贾春波说："陈远蔚主抓防疫家畜禽治疗等方面的业务工作，基本不用我操心，他的业务开展得都很顺利，工作也很细致耐心。"

青岭村村委会主任周用海还是提到了陈远蔚工作的最后的那个通宵。周用海说，在对该村的家禽进行注射时，一户养了 18 只鸡的村民拒绝注射，陈远蔚了解到这个情况，立刻前往该村民的家。

见到该村民后，陈远蔚就说："我给你讲个故事，说从前有人养了 10 多只鸡，但没有拦起来圈养，他的鸡经常吃别人家的庄稼，人家让他拦起来，他就是不肯，被吃庄稼的那一户就说了：'那我给你拦总行吧？'你再不免疫，就会既不利国家，又害了全家人的性命。"

听了陈远蔚一席话，这个村民笑了，说："陈站长，我跟你一起抓鸡去。"结果，该村民还跟着兽医到其他的村民家一起抓鸡和做思想工作。

陈远蔚一位同事还讲了这样一件事：

1996 年，当地一村民家的牛得了 5 号病，按照有关规定，应该进行无害化处理。站长找到该村民还没讲几句话，就被该村民顶了回去，气得站长只好甩手走了。陈远蔚用了近 7 个小时给该村民做思想工作，最后，终于说动了该村民。

新江口镇同兴桥村的村民陈启彪说，他永远忘不了陈站长。陈启彪共找过 3 次陈远蔚。其中一次是，陈启彪家 3 只猪生病了，他来到陈远蔚家，见到陈远蔚正在因病输液。陈远蔚问陈启彪什么事，陈启彪半天没讲。结果，陈远蔚自己拔掉了针头："说，你不说，我直接去看。"

陈远蔚一边扶着猪圈的墙，一边哆嗦着手给他们家的猪打针。让陈启彪感动的是，陈远蔚看到他家的生活条件不好，从不收诊疗费。陈远蔚病逝后，陈启彪忍不住痛哭起来。

"我没有感觉到老陈的离去，我觉得他还活着。"新江口镇兽医站站长贾春波说。

2003年1月4日，家在30公里外沲水镇的贾春波调到新江口镇兽医站当站长，刚到没几天，陈远蔚见贾春波每天骑着摩托车几十公里上下班很辛苦，就主动跟贾春波说："我家还有个阁楼，你要不嫌弃，回不去就到那儿睡吧。"

这让贾春波很感动。他说，他本来想租一个房子，但考虑到每年的租金要3000元，而自己每月的工资加奖金还不到700块，怎么住得起？更让贾春波感动的是，每次跟陈远蔚回到家，陈远蔚都会先给他泡上一杯茶，然后给他打洗脸水或者洗澡水。

让陈远蔚的同事记忆深刻的还有一件事情。去年，畜牧体制进行改革，免疫检疫程序有些变化，63岁的老兽医魏开伏拿着《免疫证》、《产地检疫证》和《屠宰证》就是不知何时该发哪张，同时发放是如何一个顺序，一遍遍，魏开伏总是弄错了，陈远蔚就手把手地教他。

陈远蔚一名年轻的同事说，他们这个单位就好像是一个大家庭，陈远蔚就是家长。

兽医尤革清说："陈副站长很幽默，讲话总带顺口溜。"但是，大家必须先把工作搞完了，否则陈站长不跟别人多说一句闲话。

生活中陈远蔚一直很节俭。10多年了，他没有添过新衣服。在陈远蔚去世后，家里人翻遍了箱子，也没有找到一件较新些的衣服，陈远蔚3个徒弟看了，抹着眼泪跑了出去，给他们的师傅带回了一件新衣服。

但是，陈远蔚喜欢买书，这在妻子看来还有点"奢侈"。在陈家的书架上，衣柜里，写字台上，到处都是关于兽医和医学方面的书籍。常常是家人一觉醒来了，看到陈远蔚还在看书。

陈远蔚没有给家人留些什么东西，除了几千元的债务。陈远蔚去世后，他儿子从箱子底翻出一叠病例，从上面的记载可以看出，陈远蔚曾患过胃穿孔、胃病、心脏病等病。

陈远蔚从不把病情跟别人讲述，但实际上他的身体状况一直不好，经常吃药。关于工作上的事和自己的病，他从来不说，即使病得很难受，表面上也不会露出任何的难色。家人问他也不说。

陈远蔚的病不光瞒着家里人，也从不对同事们讲，但大家都能看得到，夏天六七月份，其他同事都穿单件衬衣，陈远蔚还得穿毛衣。

　　贾春波站长说："实际上，像陈副站长这种情况，每年报上两千块钱的医药费，绝对没问题。"

　　而事实上，陈远蔚没请过一次假，也没有报过一分钱的药费。

　　当禽流感发生后，家人很担心他的身体。陈远蔚说："正在这种关键时候，我不领着他们干，怎么防禽流感？"

　　在这场抗击禽流感的战役里，正是这些各行各业许多单位和个人，舍小家顾大家，不怕牺牲，忘我工作，才换来了整个战役的胜利。

奋战一线兽医因公殉职

2005 年 12 月 5 日下午，湖北省赤壁市数千群众走上街头，为一位在防治禽流感一线因公殉职的普通乡村兽医钱胜华送行。

赤壁市人民为了追悼兽医钱胜华写了这样一副挽联：

为民服务绿水长吟雅风

因公殉职青山永志芳德

这副挽联概括了钱胜华热爱兽医事业、默默奉献高致病性禽流感防疫工作的短暂一生。

入秋以来，国内外高致病性禽流感疫情十分严峻，省市领导高度重视，咸宁市防控高致病性禽流感指挥部在 11 月中下旬紧急调拨了 600 万羽禽流感疫苗，一场高致病性禽流感阻击战在全市打响了。

钱胜华是赤壁市蒲圻办事处防控高致病性禽流感指挥部成员之一，他为人忠厚善良，工作勤勤恳恳，特别能吃苦。

在刚刚完成耕牛 5 号病疫苗注射任务之后，他就接到了一个特殊使命，应陆水湖办事处畜牧兽医技术服务中心的诚挚邀请，参与了该办事处多个村组的高致病性

科学防治

禽流感防疫工作。

陆水湖大田畈村的村干部说起当时的情景无不感慨，言语中充满了敬意和不舍。

村干部说：

> 他答应得非常爽快，立马就起来了，顾不及母亲生病住院，顾不及已有了身孕的妻子。真没有想到，那么一个和善的人，就这么走了……

在刚刚结束陆水湖办事处的禽流感防疫战役后，11月26日，他又紧张地投入了蒲圻办事处的禽流感入户防疫注射工作中去，几乎每天都是5时30分就出了门，半夜才拖着疲惫的身子回家，每天都要连续工作十几个小时。

当时，蒲圻办事处畜牧兽医技术推广中心主任刘安平，被钱胜华默默奉献的精神深深地打动了，对他说："你表现这么出色，我非常愿当你的入党介绍人，待这场防疫战结束了，我一定向上级反映你的入党问题。"

钱胜华腼腆地笑了，他扶了扶眼镜："谢谢刘站长关心，我保证完成这次禽流感的防疫任务，不辜负党组织对我的信任和培养！"

令刘安平没有料到的是，这次谈心竟成了他心上永远无法抹去的遗憾：

多好的同志啊！他从来都是踏踏实实，任劳任怨，服从站内安排，听候局里调遣，钻牛棚、钻猪圈、钻鸡窝，无年无节无假，电话一来，随时接诊，风雨无阻，无怨无悔！

从11月20日到12月2日，钱胜华每天都忙到深夜才返回家中。

12月2日清晨，钱胜华被家人喊醒了。"我好累啊，再让我睡一会儿。"他口里这样说着，可还是挣扎着爬起来了。

14时，钱胜华接到一个紧急任务的电话，他披了件雨衣就匆匆出门了，骑着摩托消失在朦胧的雨雾中……

为保证12月5日前完成所有家禽免疫工作，12月2日18时，蒲圻办事处畜牧兽医技术服务中心组织全体职工对大田畈村实行禽流感入户防疫免费注射。

钱胜华被分配到大田畈六组，在他挨家入户地注射了360多只家禽的禽流感疫苗后，又急急忙忙赶到大田畈七组防疫。

20时，妻子龚主霞一连给他打了几个电话，称身体不舒服，要他马上过去接她回家。

他说："我有任务在身，不能走，请你原谅。"

23时多，当他把协同防疫的大田畈村妇联主任张和群用自己的摩托车送回家后，在匆匆返回的途中不幸遭遇车祸，献出了年仅 32 岁的生命。

钱胜华因公殉职后，赤壁市防控禽流感指挥部追授他为"先进个人"。

从人们的追忆和无限怀念中，从人们那一双双悲戚的眼睛里，从那一声声带泪的诉说中，你能感受到一种平凡人生中透射出的伟大。这种平凡的事迹说不上惊天动地，可它却是那样的撼人心魄，让你领悟一种生命的执着，一种爱的最高境界，爱的无私奉献。

兽医地位是卑微的，可钱胜华却热爱着畜牧兽医事业，执着追求着畜牧兽医事业。

看着他长大的戴和安爷爷说：

> 他爱兽医，爱到什么程度？他喂养猪、狗、猴、鸡、鸭、鹅，主要目的是为了研究治病技术，拿它们来做实验。

在街上，他看到猴子的脑袋被人打破了，他便买回来精心为它缝合治疗，直至痊愈。

当记者采访他的爱人龚主霞时，她悲戚地说：

> 胜华很爱读书学习，就在他临去世前一天晚上加班回来，我一觉醒来，看他还在看有关禽流感防疫的书。

在钱胜华的陋室里，人们看到摆放着一张破旧不堪的木床、一个书柜、一张桌子。桌子上摆放着他的遗像，一副书生气十足的模样，书柜上摆放着母亲的寿像，两张相片笑着对望……

11 月份，钱胜华的母亲特别开心，因为一向无节无假、工作勤勉、生活俭朴的孝顺儿子向她许个心愿：要热热闹闹地给母亲做个 60 大寿，让含辛茹苦了一辈子的母亲好好风光一下，享受儿孙绕膝的天伦之乐！为此，钱胜华还亲自带着母亲去照相馆照了一张大幅寿像。然而，还没等钱胜华看到母亲这张满面笑容的寿像，他就匆匆地走了。

打开书柜，里面摆满了畜牧兽医方面的书，诸如：《家禽内科诊疗手册》《兽医中药类编》《发展畜牧业》《家禽遗传繁育》《中兽医猪病医疗经验》《猪病针灸疗法》《家禽产科及人工授精》等。

其中一本《中医中药汇集录》购于 2002 年，可书已经很破旧了，扉页用钢笔书写着：

世上无难事，只要肯登攀。

这是他勤勉工作、执着追求的写照。

书里用红笔勾画和点评着，对一些生僻的古字注释在旁。

还有厚厚的线装读书笔记，夹杂着读书心得和日记，其中一篇《为人类谱写春和秋》，写出了他全心全意为人民服务、以畜牧兽医技术为民排忧解难的炽热情怀。

赤壁市五洪山渔场一位养殖户沉痛地说：

钱胜华是个好同志！今年我家猪得了肺疫病，都以为没指望救活了，他闻讯即来，当时正值酷暑，气温高达40多度，他大汗淋漓蹲在臭气熏天的猪圈里，精心诊治，还独出心裁地给猪输液，次日2点猪的病情稳定了才走，真是凶险啊！此后，他又连跑了3趟，直到把猪完全诊好。这头猪宰杀时重达100多公斤，我请他过来吃肉，他都没来。

大田畈村一位60多岁的宋清元老大娘眼含热泪地说：

12月2日22时，他来我家给鸡打预防针，我已睡下了，他耐心地等我穿衣起来，说话轻言细语，打针不慌不忙，可我当时连他的模样都没有看清楚，只记得他戴一副眼镜，他真是个好孩子啊！

母亲王细珍说起儿子悲痛中不乏自豪：

他很敬业，电话一来，不管什么时候，他背起药箱就走，今年大年三十，他正在家做年饭，一个电话来了，他年饭都没吃就接诊去了。我常为这些事跟他吵，可他从来都不发脾气，晚上加班回来，他怕影响我休息，总是轻手轻脚地进来，自己弄饭或就吃些冷饭去睡，从来不喊醒我。我家家境贫寒，每次弄点好吃的，他总是多让我吃，自己却舍不得吃。

多年的同事刘安平、吴灿、黄显锋、徐昌家默默守候在钱胜华的灵前六天六夜，他们满怀深情、恋恋不舍地说：

他在母亲面前是个孝子，在单位是个好职工，多年被评为先进工作者，对同事也是关怀备至，他懂中医，常义务帮我们看病配药。我们舍不得他走啊！

在严冬防控高致病性禽流感的攻坚战中，钱胜华像一朵生命之花怒放在人们心里，让人备受鼓舞，备感温馨。

组织研制禽流感疫苗

2004 年 2 月，中国农科院哈尔滨兽医研究所所长孔宪刚在接受记者专访时说：

> 我国目前研制的禽流感灭活疫苗完全可靠，可以有效防控高致病性禽流感疫情的扩散。而且，第二代疫苗研制工作进展顺利，不久后即可投放市场。

早在 2003 年，继汉城附近一个养鸡场大批死亡鸡只的消息传出后，越南、日本、泰国、柬埔寨、老挝、印尼、中国，以及美国部分地区，相继成为禽流感肆虐之地。

根据世界卫生组织记录，自 2003 年 12 月 26 日至 2005 年 10 月 20 日，全世界因此而感染的 118 例病例中共有 61 人死亡。世界卫生组织估计，完全控制并扑灭此次禽流感还需要几年的时间。

一旦爆发全球性大规模流感，医疗体系将首先受到挑战。

当时，有两种药物被公认为临床上对于控制禽流感有一定的疗效。一种是"达菲"，虽然这种药物对禽流感的有效性还没有被充分证明，但根据世界卫生组织官员掌握的情况，与禽流感病毒接触过的人只要在不适症状发作48小时之内服用，其效果最为明显。

不过日本研究人员发现，H5N1病毒的一个变种已经对"达菲"产生了抗药性。同时，动物试验表明，另一种抗流感药物"乐感清"却对这种变异病毒有效果。

欧盟及阿尔巴尼亚、马其顿和保加利亚等国，纷纷下达对疫情发生地生禽及禽类制品的出口禁令。保加利亚政府已向全国各重点地区派出了大批鸟类及兽医专家，指导当地的禽流感预防工作，并计划专门拨出370万列弗（约合179万欧元）用于研究抗病毒方法、购买疫苗及实验器材、交换信息等。

美国总统布什表示，如果美国任何一个地方发生禽流感，他将不排除派军队前往疫区实施强制隔离的可能性。

英国政府宣布，英国准备立刻储备1.2亿剂禽流感疫苗，并订购了1460万剂抗禽流感药物"达菲"，可供英国总人口的25%使用，同时拨款200万英镑，用于支持防止例如禽流感这样的病症传播的研究工作。

德国和塞尔维亚则实行了家禽圈养措施。

在捷克，由于担心候鸟携带病毒，一些人开始捣毁迁徙鸟的巢穴。

联合国粮农组织则警告说，根据候鸟迁徙的路线，禽流感病毒有可能被带到中东和非洲。非洲仍是全球防御禽流感的最薄弱环节，如不做好预防禽流感的准备，一旦发生疫情，后果将不堪设想。

当时，各国面临的共同问题是：在需求激增的情况下，短期内药品供应明显不足。此外，高昂的药价也成为很多发展中国家不能承受之重。

孔宪刚在这次接受记者采访时说：

近期国内部分地区发生高致病性禽流感疫情以来，由哈兽研所研制的禽流感 H5N2 亚型灭活疫苗被广泛应用于各个疫点周围和受禽流感威胁的地区，对各类家禽进行紧急接种免疫，成为防止禽流感疫情扩散的主要武器。

实践证明，这些性能可靠的疫苗为疫区和外界建立起了一道坚实稳固的免疫屏障。

始建于 1948 年的哈尔滨兽医研究所是新中国成立以后最早建立的兽医科研单位，也是经农业部认证的唯一生产禽流感灭活疫苗的单位，2002 年依托这个所设立的国家禽流感参考实验室是中国检测鉴定禽流感疫情的权威机构。

多年来，哈尔滨兽医研究所凭借国家的鼎力支持和自身的科研实力，先后研制出 H9、H5、H7 等亚型油乳剂灭活疫苗作为技术储备。

2003 年，哈尔滨兽医研究所还被确认为《国家科技成果重点推广计划》项目"H5 和 H9 亚型禽流感灭活疫苗"的技术依托单位。

在我国禽流感疫苗研制实验室，科研人员的这种自信与平静，源于对禽流感 10 多年的研究。

80 年代初，哈尔滨兽医研究所就开始了对禽流感有关诊断方面的研究，1994 年，现任全国畜牧兽医总站站长的于康震在哈尔滨兽医研究所建立了禽流感研究中心，开始对禽流感进行系统研究。现任国家禽流感参考实验室主任的陈化兰，当时只有 20 多岁，是于康震的博士研究生。

当时，于康震觉得禽流感研究是一个很值得去开展的工作，在其他发达国家爆发过好几次禽流感，都是花了特别大的人力物力去杀它。他觉得我们国家作为一个发展中国家要像其他国家那么去杀的话说不定就杀不起，要是控制不好的话、杀得不够彻底的话，就可能会比较麻烦，所以他开展了一系列包括疫苗在内的研究。

当时，陈化兰只是跟随于老师完成课题研究，她对老师担心的事情想得并不是太多。1999 年，陈化兰去了美国联邦疾病控制中心，她在那里从事感染人的禽流感病毒的研究。

这个中心具备世界一流的实验条件，在那里为期 3 年的专业培训为陈化兰今后的工作奠定了基础。在美国学习期间，陈化兰接到了于老师的电话，于老师希望她学成之后能回国，来负责哈尔滨兽医研究所禽流感实验室的工作。

当时，美国联邦疾病控制中心极力挽留陈化兰，并告诉她，如果继续待在美国，她将会成为一个非常好的科学家。但是，陈化兰最终还是选择了回国。

2002 年，陈化兰回到了哈尔滨兽医研究所。当时，H5N2 禽流感疫苗已经研制成功，这种疫苗对鸡的免疫效果很好，但对鸭、鹅水禽的免疫效果不太理想。

在陈化兰的带领下，科研人员开始着手研制 H5N1 禽流感疫苗，它对鸡和水禽都有很好的免疫效果。做疫苗首先需要与之相匹配的病毒株，而当时我们国家分离到的 H5N1 禽流感病毒，都是高致病性毒株，不适合用来做疫苗。

怎样才能得到一个适合做疫苗的病毒株，这是一个难题。陈化兰带着科研人员经过 4 年的努力，大胆采用人用流感疫苗的研制思路，解决了这个难题。

虽然又多了一种对付禽流感的武器，但面对依然严峻的疫情，哈尔滨兽医研究所的科研人员一点也不敢放松，现在陈化兰和她的同事们，一天的工作时间都是 10 多个小时。

据孔宪刚透露：

中国禽流感参考实验室的科研人员用新毒株生产的第二代禽流感灭活疫苗目前已进入试生产阶段，预计近期即可问世。

名为 H5N1 的第二代亚型禽流感疫苗，是应用现代反基因技术手段研制出来的高科技产品。第二代疫苗具有低毒的特性，性能更安全、可靠，可产生更高的抗体效能，并保持更长的免疫持续期。

　　我国科研人员研制的这些性能可靠的疫苗，为打好防治高致病性禽流感阻击战和增强我国动物疫病防治整体能力提供了有力的科技支撑，为我国抗击禽流感建立起了一道坚实稳固的免疫屏障。

形成禽流感的防控体系

2004 年 2 月 18 日，设在中国科技部的全国防治高致病性禽流感指挥部科技组，对媒体宣布：

中国现已基本形成了一个比较完善的禽流感防控技术体系。

科技组根据中国防治高致病性禽流感疫情一线的紧急需求，结合多个国家科技计划已有的相关技术储备、技术平台和人才优势，迅速推出了 22 项防治高致病性禽流感的技术和产品，基本形成了一个比较完善的禽流感防控技术体系。

据介绍，这 22 项技术和产品涉及疫苗、快速检测诊断技术、防护用品、消毒设备与消毒剂等 4 大类。

中国科技部领导说：

目前正组织各方科研力量，采取技术推介和技术咨询相结合的方式，将这些新技术和产品迅速推广到发生禽流感疫情的地区。

2004 年 2 月 15 日，经过国家质检总局专家审定，

《高致病性禽流感防治技术规范》等八项国家标准，就由国家质检总局、国家标准化管理委员会正式发布实施。

为了有效控制高致病性禽流感疫情，国家标准化管理委员会组织农业部畜牧兽医总站、北京出入境检验检疫局、上海出入境检验检疫局等有关方面的专家，参照中国有关法律法规的规定和国际标准，日前完成了《高致病性禽流感防治技术规范》等八项国家标准制定工作。

《高致病性禽流感防治技术规范》明确了高致病性禽流感的诊断方法，发生疫情后疫点、疫区、受威胁区的划分，明确了发生疫情后的报告制度与报告程序，如何对疫情进行处理以及预防与控制方法，并规定了高致病性禽流感区标准要求。

《进出境禽鸟及其产品高致病性禽流感检疫规范》规定了进出境禽鸟及其产品以及相关的旅客携带物、邮寄物、运输工具的高致病性禽流感检疫的强制性要求。

国家质检总局有关人士说，八项标准的发布与实施，将对中国目前禽流感疫情的防治和控制，最大限度地减小经济损失，起到积极的作用。国家质检总局、国家标准化管理委员会还将根据中国防控禽流感工作的需要及时制定并发布相应的标准。

这一切说明，我国已经基本形成了一个比较完善的禽流感防控技术体系。

专家攻克禽流感难关

2004 年初，在中国周边国家和地区爆发禽流感，并出现有人感染死亡的事例后，来势汹汹的禽流感疫魔袭击了中国广东。

2004 年 1 月 30 日，揭阳市揭东县曲溪镇一个个体养殖场 1300 多只鸭死亡，后被诊断为疑似禽流感疫情；1 月 31 日，潮安发现疑似禽流感疫情；2 月 4 日，罗定、海丰发现疑似禽流感疫情……

一时间，南粤大地谈"禽"色变。然而，从曲溪镇发现疑似高致病性禽流感疫情，到 3 月 9 日深圳野生动物园疫区解除封锁，广东省完全扑灭禽流感疫情，前后只用了 40 多天的时间。其中，华南农业大学辛朝安教授功不可没。

辛朝安，人称"抗击禽流感英雄"。2004 年，在一场人与病魔的艰苦搏斗中，辛朝安及其领导的"生物安全三级实验室"成为攻克禽流感的"技术高地"。

他所研制的"禽流感灭活疫苗"成为广东省以及全国控制禽流感最有力的武器，为国家挽回直接经济损失达几十亿元人民币，其研究成果荣获国家科技进步一等奖。

他所领导的实验室成功解析出禽流感病毒 100% 基因

图，这一成果不仅为长远防治禽流感打下了坚实的基础，而且对消除社会上不必要的恐惧意义非凡。

辛朝安是华南农业大学教授、博士生导师。同时，他还是农业部养禽与禽病防治重点开放实验室主任、中国畜牧兽医学会家禽专业委员会副主任、广东省畜牧兽医学会家禽专业委员会主任、省政协委员、广东省防治禽流感科技攻关总顾问和广东省禽流感疫苗研究组组长。

从 1983 年开始至 2004 年，辛朝安共主持科研项目近50 项，参加科研项目十几项，共取得国家和省科技进步奖 8 项。在省内外重要学术刊物上发表论文 249 篇。出版了《家禽胚胎病》《禽病学》《禽病鉴别诊断与防治》《禽流感的预防和防治》等 9 本专著和教材。

对禽流感的研究，辛朝安是呕心沥血。

早在 1985 至 1987 年，辛朝安应邀到美国加利福尼亚大学农学院禽类科学系做访问学者。

当时，在美国发生的禽流感就深深地震撼了他。作为一名在禽病学领域躬耕多年的研究人员，他以超人的智慧和超前的眼光敏锐地意识到，开展与人类公共卫生密切相关的动物疾病研究具有重大而现实的意义。当时他就预言："中国爆发禽流感，是迟早的事，这是动物界难以抗拒的规律。"

从美国归来，辛朝安就着手开展禽流感的调查研究工作。

禽流感属于高致病率的一类传染病。当时，国际上对付禽流感比较通用的做法是：扑杀。这种办法干净利索，将病例和病源一同毁灭，也易于操作。辛朝安偏偏选择了一条更为艰难的路：做疫苗。

作为农民的儿子，辛朝安太了解中国农村了。他知道，在中国的大多数地区，农民养鸡养鸭养鹅，以分散放养为主，与西方规模化、工厂化的养殖模式不同，一旦禽流感爆发，很难准确判断出哪些家禽被感染了，哪些还没有被感染。一年养到头，农民就指望着鸡鸭鹅换点零用钱，如果因为出现禽流感疑似病例就要将家禽全部杀掉，他们未必愿意配合。再则，按照国际惯例，扑杀家禽必须给予补贴，这对并不富裕的国家财政来说将是一笔不小的负担。

在对中国的经济状况、执法水平、社会环境等诸多因素进行了全面的分析以后，辛朝安提前为中国防治禽流感制定了策略：疫苗注射与扑杀相辅相成。

课题刚起步的时候，可以说是"一穷二白"，没有资料、没有经费、没有经验，甚至连一个禽流感的病例都没有，辛朝安感到了孤独。但此时此刻，辛朝安想起了一件令他刻骨铭心的事。

那是1971年夏天，他在海南乐东县与黎族老乡"三同"。因一头100多公斤的大肥猪口吐白沫、四肢痉挛，束手无策的老乡老泪纵横，辛朝安用一针阿托品救活了这头猪。

当时，老乡那张绝望的脸又出现在了他的脑海中，如果禽流感真的来了，用什么帮助这些勤劳的父老乡亲？辛朝安问自己，也给自己打气。"我从事的是一项有意义的工作"，这一信念支持着辛朝安走了下来。

初期工作是非常艰辛的，为了从野生禽类中找到所需要的样本，辛朝安带着弟子漫山遍野地跑，筛选了不少目标，大量采集禽类的唾液、粪便，好不容易才使研究工作得以展开。

1995 年，农业部批准华南农业大学兽医学院禽病研究室开展对禽流感的研究，并批准划拨科研经费。

从此，辛朝安便开始在全国率先开展了禽流感疫苗及药物、禽流感基因诊断以及分子流行病学、禽流感毒株的分离、鉴定、宿主范围变迁等研究工作。至今，他已掌握了禽流感病毒演化的过程，并研制出了免疫效果良好的灭活疫苗，在全省全国广泛推广使用。

1997 年香港的禽流感事件后，为消除"禽流感"事件对我国禽出口的影响，他多次与世界卫生组织考察组一起，对国内各家禽饲养厂进行调查考察，为证实我国当时没有"H5N1"禽流感，恢复我国禽出口作出了贡献。

2004 年，辛朝安作为广东省防治禽流感科技攻关总顾问，服从大局，临危受命，及时展开对疫情的调查和对家禽病毒的分离、鉴定工作，为广东省乃至全国制定有关禽流感预防和控制措施提供了技术依据。

在 2003 年"非典"期间，他作为广东省"非典"科技攻关专家组的成员之一，率先带领同事们一道进行"非典"的早期排查，排除了"非典"为禽流感的怀疑。

接着，他又进行 SARS 溯源攻关。从 2003 年 4 月份开始，在 SARS 首发病例地和全省各地采集了 59 种野生动物样品 1700 余份，加班加点、夜以继日地进行系统详细的鉴定和研究，终于从果子狸等野生动物体内测到的 SARS 冠状病毒基因序列与 SARS 病毒基因序列完全一致，提出了人类 SARS 病毒可能来自野生动物，使我国 SARS 病毒的起源研究工作取得了突破。

2003 年底，我国部分地区爆发禽流感后，辛教授作为农业部"禽流感专家组"成员、广东省防治禽流感疫苗研究组组长，亲赴疫点，及时摸清疫情，并展开相关病毒研究。

在他的带领下，研究组不仅成功地分离和鉴定出禽流感病原为 H5N1 亚型禽流感病毒，而且还获得了该病毒 100% 基因图。这一成果，为消除人们对禽流感"人畜共患"的疑虑和广东省制定禽流感预防措施发挥了重要作用，受到了省委省政府的充分肯定。

2004 年禽流感袭来的时候，辛朝安对禽流感的临场症状、诊断方法、控制程序已经了然于胸。他受命于危难之际，奔走在"抗击禽流感"前线。

作为广东禽流感研究总负责人，随着一件又一件的病料被紧急送往华南农业大学研究室，他承担起繁重的科研重任，在实验室里观察毒株变化、解析基因图谱。

作为农业部禽流感专家组成员、广东省防治禽流感专家，他亲赴疫点，及时摸清疫情，前往非疫点，调查预防工作，为农业部及广东省政府制定禽流感防治措施建言献策。

作为一名科学家，他感到有责任帮助广大群众正确认识禽流感，他通过电视、报纸、技术讲座等多种形式积极向大众作正面宣传和引导，并及时编写了《禽流感的预防与控制》一书，为全省控制禽流感提供了宝贵的技术资料。

"十年磨一剑"辛朝安打了一场有准备的漂亮仗，其制定的扑杀与疫苗注射相结合的策略，更是得到国内外的好评。人们称赞辛朝安是"先知先觉的人"。

辛教授把自己的科研程序概括为：

首先从生产实践迫切需要解决的问题中选题，然后与生产部门联合进行实验和推广，进行项目投产和在生产中广泛加以应用，最后才进行成果申报和鉴定。

他认为，生产实践存在着大量需要科研人员去解决的问题，从生产实践中找课题并列入研究项目后，很容易得到生产单位的支持和合作，他们会主动提供科研经费，且研究结果极易被企业所运用。

正是基于科研必须为生产服务，必须面向经济建设主战场这种自觉的意识，近20年来，他在技术推广和普及方面做了大量的工作。在各县市举办养禽与禽病防治学习班50多期，培训学员达2万多人次。

他先后在省内外50多个大型鸡场协助解决有关禽病的诊断、预防和治疗工作，并在各种报纸、杂志发表科普文章100多篇，介绍禽病防治常识和技术，深受养禽工作者和专业户的欢迎。他编制的《常见禽病彩色图谱》录像带由音像公司在全国发行，为基层兽医工作者提供了一份很有价值的教材。

此外，他还回复群众来信咨询2000多封，经常接受生产者的来访、电话咨询。他主持的华南农业大学动物医学院畜禽疫病诊疗服务部，接待广东、广西、湖南、海南等省区上门求诊畜禽疾病人员达1万多人次，大大减少了养禽业的损失。

科学家的责任感，作为预防兽医学首席专家，辛朝安为学科建设倾注了无限心血。1996年，以原禽病学科为基础，成立了"养禽与禽病防治"重点开放实验室，辛朝安被任命为实验室主任。为搞好学科与实验室的建设，他想方设法筹集资金，甚至把20多万元原本属于自己的技术提成全部投入到科研和实验室的建设中去。

因此，预防兽医学博士点的实验室水平、学术水平在国内均处于领先地位，并且建立起一支高素质的人才队伍。

2002年，在他的努力与各级政府的支持下，在国内农业院校中最早建成了具有国际水平的"生物安全三级实验室",该实验室在"非典"和禽流感的科技攻关中发挥了重要的作用。

多年来辛朝安培养的几十名硕士、博士、博士后,毕业后他们大部分成为所在单位的业务骨干。近几年,他先后从美国、英国、澳大利亚、日本引进多位高素质的人才,为学校预防兽医学建立起了一支过硬的人才梯队。

鉴于辛朝安在防治非典型肺炎、预防禽流感,以及在科研工作上取得的成就,2003年,广东省委教育工委及广州市授予他"抗击非典先进个人"称号,2004年,他又被授予"全国五一劳动奖章",同年还被广东省委省政府授予"广东抗击禽流感先进工作者"光荣称号。

人用禽流感疫苗研制成功

2005 年 11 月 14 日下午，"人用禽流感疫苗研制"项目通过科技部课题验收。这标志着我国已经完成人用禽流感疫苗临床前研究，表明我国在这一领域的科研水平已与全球同步。

同时，疫苗研制单位北京科兴生物制品有限公司和中国疾病预防控制中心已向国家食品药品监督管理局提交了临床研究申请。

2004 年，禽流感在鸟类中流行时，为应对由于禽流感病毒的变异而导致的流感大流行，我国科学家们开展了原型疫苗"人用禽流感疫苗"的研究。

禽流感疫苗研制进展迅速，让人非常振奋。但科研人员切身感受到，疫苗的研制过程充满了艰辛，其中的难度和风险远远超出常人的想象。为了尽快研制出世界领先的禽流感疫苗，科研人员和病毒之间展开了一场突击战。

在疫苗的研制过程中，项目研究人员面临的第一道难题就是从感染禽流感病毒的人体内提取出可以研制疫苗的低致病性或无致病性毒种。

如果是从病人身上分离病毒来做疫苗的话，那么整个生产疫苗的全过程就像在一个高致病性的病毒环境里生产，研究人员很容易被感染，如果不注意病毒就会扩散出去，对社会造成危害，风险很大。

当时，越南和泰国正在不断出现人感染高致病性禽流感的死亡病例。本来高致病性是对鸡对禽的，但是当对人发生感染以后，让人非常担心这种种属之间的屏障突破，会引发人间的大流行。

面对病毒高致病性的风险，研发人员谨慎地埋头于疫苗毒种的提取，他们时刻与世界卫生组织保持密切的联系。5个月过去了，在世界卫生组织的帮助下，疫苗研制单位北京科兴公司，终于获得了可供制作疫苗的毒种。

2004年6月，禽流感疫苗研制毒种开始进入培育和繁殖阶段，如何找到毒种适合繁殖的特别的生物环境，是禽流感疫苗研发过程中他们面临的第二道难题。

大量的研究人员非常辛苦地在无菌室里面，在洁净的厂房里面，用不同的研究分组去摸索实验数据。

在疫苗的生产过程中，最重要的一个环节就是毒种的培育和繁殖，它们是在几个密闭的舱室里面完成的。一个个的鸡胚毒种注射到这个鸡胚之中后就放进了密闭的舱室，这个舱室是一个特殊的环境，它的温度必须保持在35度上，而且必须是无菌的，一旦出现细菌，用来监测是否能够达到无菌标准的培养皿的表面就会形成发霉的斑点。

一卡车一卡车的鸡胚运进实验室。为了寻找合适毒种繁殖的环境，研究人员夜以继日地测试数据，加紧动物实验，在新建的实验室里面，疫苗先后用 2000 多只小白鼠进行各种各样的安全及效果检验实验。

正在大家按部就班研制的时候，我国出现了第一例人感染禽流感病例，抢救无效死亡。

当时，中国疾病控制研究中心的疫苗项目负责人正在和科兴公司尹卫东的团队开会。这个会议一直持续到 24 时才结束，当天，尹卫东马上对整个研究的速度作了调整。

2005 年 11 月 16 日，当人感染禽流感死亡病例出现在大小媒体时，禽流感疫苗也刚刚结束了动物实验，也就是在这一天，国家药检局对人用禽流感疫苗的评审大会召开了。

评审会紧张而热烈，国家科技部、中国疾病控制中心简化了审批程序，并正式批准了禽流感疫苗的研制开始进入临床试验阶段。

国务院总理温家宝非常关心疫苗研制的进展情况。2005 年 11 月 17 日，温家宝总理、吴仪副总理以及科技部、卫生部的部长专门考察了科兴公司的疫苗生产线。

整整一上午，温家宝总理和吴仪副总理看遍了整个人用禽流感疫苗的生产线，并且激励说："现在你们这个单位，成了大家抱以希望的地方。"

温总理在考察过程中，不断地提问，并且一直强调讲疫苗的安全，他说，这是给老百姓打的，安全很重要，要加快研究。

下午，温家宝总理就和吴仪副总理召集科技部、卫生部、国家发改委等部门召开紧急会议，部署防控禽流感的科研攻关工作。

国家重视，百姓关心，这让科兴公司研究团队更加信心十足，但这时他们的研制工作又遇到了第三道难题。

禽流感疫苗的动物实验成功结束了，所有的批件也都下来了，疫苗被正式批准可以植入人体，而这个时候，人从哪里来成了研究人员最担心的问题。

2005年11月，在中日友好医院的公告栏上，贴出了这样一幅公告，志愿者招募的条件和联系电话都在上面，而两天时间电话就响起来了。

不同职业的人都有，有务工的，能够保证长期参加这种研究的，有医护人员，有干部也有公司职员，包括记者也有报名的。

研究的工作人员没想到，这么多志愿者积极参与，禽流感疫苗人体实验终于可以进行了。但尹卫东他们还不敢松一口气，毕竟疫苗临床试验总会存在一些风险。疫苗研制能不能闯过这最后的一道重要关口，疫苗用于人体是否安全，此刻谁都不敢打包票。

2005年12月22日，第一批用于生产的疫苗开始植入人体，第一批志愿者一共6人，这标志着人用禽流感疫苗正式进入到临床试验阶段。

参加第一批临床试验的6个志愿者，年龄在20岁到50岁之间，他们经过了层层筛选，身体健康并且经过了医院的各项身体测试。很多受试者实际上是没有跟家里说的，他们非常值得钦佩，这种勇气不是所有人都拿得出来的。其中有个小姑娘给很多人都留下了深刻的印象，她是医院的一名护士。

她从朋友那里听说要招募志愿者后，就去了报名处，只看了一遍协议，就自己作了决定。她自己觉得去作个实验，做个禽流感什么的，就当为医疗事业作点贡献吧！虽然也害怕紧张，但还是用自己学过的知识说服了自己，觉得在人体上做实验，应该挺有把握的了，不会有什么太大的反应的。20岁的她还是第一次自己作这么大的决定。虽然读的是医学专科，小姑娘在打完疫苗后还是忍不住有些担心。

实验结束后，小姑娘的身体状况很好，其他志愿者也都一切正常，人用禽流感疫苗正在按部就班地进行临床试验，没有一人出现不良反应。

在研制禽流感疫苗过程中，尹卫东和他的研究团队遇到过很多困难，付出了很多艰辛。不到两年，他们就完成了疫苗临床前研究，并向有关部门提交了临床研究申请。这个结果出乎所有人意料，因为开发甲肝疫苗时，前后就用了6年时间。尹卫东负责的北京科兴公司还是第一个在我国研究出SARS疫苗的疫苗公司。

禽流感没有停止侵害人类的脚步，但我们相信在科研人员的努力下，禽流感疫苗一定会早日研制成功，我们也一定会像战胜非典那样，战胜禽流感。

四、 解除封锁

● 2004 年 2 月 22 日 11 时，广西隆安县县长唐波文宣布："中国禽流感首发地广西隆安县丁当镇，正式解除封锁。"

● 2004 年 3 月 16 日，农业部防治高致病性禽流感工作新闻发言人宣布："随着广西南宁市和西藏拉萨市疫区解除封锁，全国已确诊的 49 起高致病性禽流感疫情被全部扑灭。"

● 2004 年 3 月 16 日，全国防治高致病性禽流感指挥部召开会议，进行阶段性工作总结。

禽流感首发地解除封锁

2004 年 2 月 22 日 11 时，一个值得被载入史册的特殊时间。

这一天，广西隆安县县长唐波文宣布：

中国禽流感首发地广西隆安县丁当镇，正式解除封锁。

这个决定是根据高致病性禽流感疫区封锁解除规范的规定，经过专家组认真核查后作出，由隆安县人民政府批准发布的。

联合国粮农组织驻华助理代表徐及和联合国粮农组织专家劳伦斯·格利森结束对广西壮族自治区禽流感疫区的考察后，对广西官员说了下面这番话：

你们防控禽流感的措施迅速、有力、得当，很专业。

广西发生禽流感疫情后，胡锦涛、温家宝等领导同志作出明确指示、部署，要求千方百计防止疫情扩散。

广西壮族自治区主席陆兵，连夜赶赴疫区现场指挥、部署家禽扑杀等防治疫情工作，而在此之前，广西早已启动多套应对公共卫生突发事件的应急机制。

大年初二，陆兵还在做深入中越边境检查、部署地方防治禽流感的工作。1 月 30 日，陆兵再次前往疫区检查、部署防治工作。广西疫区各级干部全部取消春节休假，迅速返回工作岗位。

隆安县县长唐波文说：

> 隆安县禽流感疫情之所以能够在短时间内取得阶段性胜利，重要一点在于经过统一思想，每位干部对禽流感防治工作的认识统一到中央的总体部署上来，严格按照依靠科学、依靠法律和基层组织的防治要求展开工作。

在这场阻击禽流感的战役中，防治措施的果断、迅速、坚决最大限度地减少了疫情扩散的概率。

丁当镇党委书记林毅说，扑杀行动结束后，有群众对政府如此迅速地处置完毕感到惊讶。他说：

> 目前疫情已得到有效控制，但回想起来还是有点后怕，当时如果行动慢了一点，让疫区内的家禽，特别是疫点的千余只鸭转移扩散出去，后果真是不敢想象。现在我们居安思危，防控措施只能加强，不能削弱。

解除封锁

广西疫区整个扑杀行动仅用一天多时间就完成了。取得这样成效的主要原因是中央的果断决策，自治区党委、政府不折不扣的及时落实。在扑杀过程中必须坚决，讲方法。扑杀家禽时，陆兵亲赴一线指挥，而且把扑杀时间定在凌晨，目的是防止出现转移家禽的情况。

唐波文认为，张家有多少只鸡，李家交出多少只鸡，还有多少只鸡没有上交，类似这样的细节情况，只有乡村两级基层组织的干部才清楚。可以说在执行扑杀等防控手段时，如果得不到基层组织的支持，防治措施根本没有办法落到实处。

开始时，尽管扑杀行动有法可依，但由于面对千家万户，在执行这项政策时不可能使用强制手段。这就需要做耐心细致的思想动员工作。这些工作自然而然地落在了基层干部肩上，因为只有他们才能完成。

扑杀行动开始后，为给群众带个头，镇干部率先把自家的家禽交出来。在开展扑杀活动时，多数干部连续两天没合过眼，但没有人讲价钱有怨言。

在永安里屯，扑杀小组进屯后，村民小组组长卢寿海敲响大钟，动员群众把家禽主动拿到指定地点，并率先带头交出自家的 40 只家禽。扑杀结束后，他还配合乡镇干部巡查是否有遗漏的家禽。

在这场阻击禽流感的战役中，让群众真正意识到防治疫情是为了维护自身的长远利益，同时要及时兑现补偿金，以取信于民。这是有效防治禽流感疫情的又一重要保证。

林毅说：

当地许多群众饲养几只家禽的目的就是留在春节时待客、走亲访友用的。把他们的鸡都扑杀了，说实在的，我们这些做干部的和他们的心情一样，都舍不得，但不杀不行呀。因此疫情防治工作务必取得群众的支持。我们的干部要向群众说明禽流感的严重危害性，告诉他们不要只看到眼前利益，扑杀是为了维护他们的长远利益。

在这次开展扑杀等防治活动时，只要我们把问题讲清了，群众对防治工作非常理解、支持。

丁当镇党委副书记翟日伟一提起永安里村民还激动不已：

说实在的，扑杀前怕群众不理解，干部们怀着各种顾虑来，而且还想了种种应对意外的措施，没想到这些想法都落空了。看到养得又肥又大的鸡鸭，连我们都有点舍不得，他们却排队自愿交了出来！

由于宣传工作到位，群众不但交出家禽，还主动配合政府开展防治工作。如有群众对没有交出家禽的个别养殖户进行举报，有的群众反映个别角落没有清扫干净，还有鸡鸭毛。

及时兑现补偿金也是防治工作顺利开展的一个重要原因。广西疫区绝大多数被扑杀家禽的养殖户在扑杀当天就领取到了补偿金。个别群众就是看到了补偿金及时兑现，才主动把家禽交出来的。事后，许多群众表示，没有想到政府会那么快兑现补偿金。

病源的不确定性、疫情长短的不确定性要求我们必须时刻保持高度防范状态和求真务实的作风，必须时刻都要树立查缺补漏的意识，畜牧、卫生、公安等部门必须密切配合，协同作战，不断强化防控手段。

广西疫情发生后，广西各级党委、政府对待疫情的态度没有松懈，措施不断强化。这些措施主要包括对相关人员、区域的隔离、监控，对防治人员本身的保护，在主要关口设置监测棚，监控人员佩戴有禽流感防治标志的袖章，安排专人在主要路段巡逻等。

陆兵在短短几天中先后两次亲赴疫区检查、部署工作，第二次去的目的就是要查缺补漏、强化防治措施。

林毅说：

每位镇干部、村干部都包村包户，负责排

查有无遗漏家禽。纪检部门也开始介入，哪个干部负责的岗位出了问题，立即处理哪个干部！县政府还要求 10 天内把全县所有的家禽强制免疫完毕，否则将追究畜牧局长的责任。

在这场阻击禽流感的战役中，疫情之所以能很好地得到控制，科学防治贯穿始终功不可没，包括各级政府的科学决策、防治禽流感疫情的科学方法和手段的运用。

中国政府在国内发生禽流感疫情前，要求各级政府必须以科学的态度和科学的精神对待禽流感疫情，并依据中国实际情况，制定一系列内外兼顾的防范措施。

2004 年 1 月初，为防止已发生禽流感的国家将疫情传到国内，中国各出入境口岸禁止直接或间接从这些国家输入禽鸟及其产品。

中国各出入境口岸禁止邮寄或旅客携带来自这些国家的禽鸟及其产品进境等。1 月 20 日中国国家质检总局、公安部、农业部、商务部、海关总署、国家工商总局六部门联合发出通知，要求各地规范边贸活动，加强边境管理。

广西禽流感疫情发生后，政府的决策和各种具体防治措施更加彰显科学力量。中央政府提出的"依靠科学、依法防治、群防群控"的思想，成为预防禽流感行动的指南。

中国农业部明确提出了"两个绝不"的要求：一是

绝不能让一只疫禽留存疫区，二是绝不能让一只疫禽流出疫区。农业部也派工作组来到隆安县，指导、督察防治工作。

在处置禽流感疫情时，我们严格遵照防治疫病的国际惯例和有关科学知识。第一步立即最大限度地切断感染源，进行扑杀和强制免疫工作，且自始至终所有防治人员都与畜牧、卫生等专业人员紧张而有序地合作开展工作。

疫区群众因掌握了有关禽流感的科学知识，从开始"有点害怕"到现在完全"心态平和"。

唐波文说：

> 隆安县发生禽流感疫情时，因为媒体刚刚报道过东南亚几国发生禽流感的情况，大部分群众害怕，甚至在扑杀家禽时，一些村干部下去抓鸡，也有思想顾虑，怕传染给自己。我们赶紧开了几次会，请防疫专家讲明了道理，强调只要按照科学方法来防疫，就会有效防治，才初步消除了顾虑。

不仅在广西，那段时间中，在中国大部分地区宣传禽流感疫情防治知识，成为各级政府工作的重要部分。他们通过电视、广播，尤其是请卫生防疫、科技局等部门的工作人员为群众举办有关禽流感的讲座，普及《中华人民共和国动物防疫法》，并挨家挨户发了防治禽流感宣传手册等。

广西隆安县发生禽流感疫情的养殖场承包人黄生德说：

> 等疫情完全过去后，我还要养鸭，但我一定依靠科学养鸭，科学防疫，科学喂食。

在这场阻击禽流感的战役中，依法防治也是一个很重要的措施。如果不依法行政，我们的防治工作就不会得到群众的拥护，处置速度也不会这么快。一旦蔓延开来，后果不堪设想。

依法行政主要是在防治禽流感疫情的战役中，紧紧围绕国际惯例和《中华人民共和国动物防疫法》的相关规定开展工作，尤其是《中华人民共和国动物防疫法》对动物防疫、动物疫病预防、动物疫病的控制和扑灭、法律责任等都作了明确的规定。

禽流感发生的当天，在初步认定为疑似禽流感疫情后，根据《中华人民共和国动物防疫法》和国际惯例，3公里内全部扑杀，3至5公里内全部强制免疫，10公里内活禽市场必须关闭。

"这是我们防治禽流感疫情执法的主要依据，也是最重要的一步。"林毅说。

隆安县丁当镇禽流感疫情发生的当天晚上，县畜牧兽医站的专业人员和丁当镇镇政府干部一起，先将疫点上所有的家禽进行了扑杀和无害化处理。紧接着，公安、畜牧、卫生等部门联合作业，对疫区进行了封锁，扑杀了疫点周围3公里范围内的所有家禽，对3至5公里范围内的家禽进行强制免疫，并关闭了疫点周围10公里内所有活禽市场。

同时，政府部门立即通过电视、广播、报纸、传单以及举办讲座等形式，大张旗鼓地宣传《中华人民共和国动物防疫法》和农业部等部门关于疫病的相关规定，使广大群众最大限度地配合政府依法防治疫情。

唐波文说：

> 大规模扑杀家禽时，担心部分群众不配合，我们规定所有工作人员必须依法行政，绝不允许和群众发生不愉快的事，要带着感情向群众解释。隆安县在短短一天多时间，扑杀了疫点周围3公里范围内所有1.4万只家禽，就是一个很好的证明。

在动物疫病的控制和扑灭上，防疫法规定任何单位和个人不得瞒报、谎报、阻碍他人报告动物疫情。各地对此专门制定了"疫情日报告"和"零报告"制度。

广西壮族自治区水产畜牧局一位负责人说：

> 禽流感疫情给我们敲响了警钟，时刻严格依照动物防疫的有关法律、法规规定，做好禽畜防疫工作刻不容缓。

隆安县丁当镇又恢复了往日的平静。这个曾被全世界关注的地方，在经历了 20 多天的封锁后，也许会永远被封存在人们的记忆中。

22 日 9 时，在丁当镇一些主要路口监控点忠于职守的公安、畜牧兽医人员开始撤离。丁当镇集贸市场家禽交易又归于正常。

公路上，装满甘蔗的汽车、拖拉机来回奔忙；田间地头，戴着草帽或包着头巾的壮家妇女在忙于春耕生产……

● 解除封锁

中国各地疫区解除封锁

2004 年 2 月 23 日，农业部防治高致病性禽流感工作新闻发言人贾幼陵宣布：

发生于上海市南汇区和浙江省永康市的高致病性禽流感疫情已被扑灭，疫区封锁解除。

23 日，农业部接到上海市和浙江省的报告说：

1 月 29 日和 31 日，发生在上海市南汇区和浙江省永康市的 H5N1 亚型高致病性禽流感疫情，在对疫区采取了封锁、扑杀、消毒和对受威胁区禽只进行紧急免疫等措施后，按规定疫区内最后一只禽扑杀后已超过 21 天，上海市畜牧兽医站和兽医卫生监督所、浙江省动物防疫机构分别组织对疫区进行了检测。

上海市南汇区和浙江省永康市人民政府分别发布了解除封锁令，对疫区解除了封锁。

在给农业部的报告中说：

经对疫情扑灭情况进行验收，符合《全国高致病性禽流感应急预案》和《高致病性禽流感疫情处置技术规范》关于疫区解除封锁的规定，发生在上海市南汇区和浙江省永康市的高致病性禽流感疫情均已被扑灭。

农业部在接到这份报告后，要求当地动物防疫监督机构继续加强疫情监测，采取积极的防疫措施，防止高致病性禽流感再次发生。

2004 年 2 月 26 日，中国农业部防治高致病性禽流感工作新闻发言人宣布：

发生在湖北武穴市、鄂州市，安徽广德县、界首市、阜阳市颍州区，云南呈贡县等地 6 起高致病性禽流感疫情已被扑灭，疫区封锁解除。

26 日，中国农业部接到湖北、安徽和云南报告，发生在湖北武穴市、鄂州市，安徽广德县、界首市、阜阳市颍州区，云南呈贡县的 H5N1 亚型高致病性禽流感疫情，在对疫区采取了封锁、扑杀、消毒和对受威胁区禽只进行紧急免疫等措施后，按规定疫区内最后一只禽扑杀后已超过 21 天。

当地畜牧兽医行政管理部门和动物防疫监督机构对疫区进行了检测。

湖北、安徽等地的报告说：

经对疫情扑灭情况进行验收，符合《全国高致病性禽流感应急预案》和《高致病性禽流感疫情处置技术规范》关于疫区解除封锁的规定，这6起高致病性禽流感疫情均已被扑灭，当地政府发布了解除封锁令，对疫区解除了封锁。

从2月22日，广西隆安县的高致病性禽流感疫情宣布被扑灭，疫区封锁解除，至2月26日，全国已有13个地方的高致病性禽流感疫情宣布被扑灭，疫区封锁解除。

26日，农业部未接到新的疑似高致病性禽流感疫情报告和高致病性禽流感确诊报告。

从17日起，中国内地已连续10天未接到新的疑似高致病性禽流感疫情报告。

中国农业部要求当地动物防疫监督机构继续加强疫情监测，采取积极的防疫措施，防止高致病性禽流感再次发生。

2004年3月16日，国务院新闻办公室新闻发布厅，农业部防治高致病性禽流感工作新闻发言人在数十名中外记者的热切目光中宣布：

随着广西南宁市和西藏拉萨市疫区解除封

锁，全国已确诊的 49 起高致病性禽流感疫情被
全部扑灭。

这标志延续 49 天的高致病性禽流感疫情在中国内地
已经结束。

从 1 月 27 日广西发生第一起高致病性禽流感疫情，
到 3 月 16 日最后两个疫区解除封锁，在蔓延亚洲的禽流
感疫情中，中国走过了不平凡的 50 天。

这 50 天是短暂的，又是艰难的，它展示了我国应对
公共卫生突发事件的非凡处置与协调能力，更展示了公
开、果断、以人为本的政府形象。

回良玉总结禽流感防治工作

2004 年 3 月 16 日，全国防治高致病性禽流感指挥部召开会议，进行阶段性工作总结。

国务委员兼国务院秘书长、全国防治高致病性禽流感指挥部副总指挥华建敏主持了会议。

国务院副总理、全国防治高致病性禽流感指挥部总指挥回良玉在会上指出：

在党中央、国务院的正确领导下，经过各地区、各部门的共同努力，全国高致病性禽流感防治工作取得阶段性成效。要继续保持高度警惕，切实做好防治工作，巩固防治成果，促进家禽业发展。

回良玉指出：

广西南宁市和西藏拉萨市最后两个疫区宣布解除封锁，标志着我国高致病性禽流感防治工作已经取得阶段性成效。到目前为止，全国发生的 49 起高致病性禽流感疫情已全部扑灭，有效地把疫情控制在疫点上，有效地避免了疫病对人的感染，有力地促进了动物防疫体系建设，有力地保护了养禽业发展。

回良玉总结说：

禽流感疫情发生后，各地区、各部门认真贯彻党中央、国务院的决策和部署，按照"加强领导、密切配合，依靠科学、依法防治，群防群控、果断处置"的指导方针，采取了一系列重大措施，全面展开高致病性禽流感阻击战，有力、有序、有效地开展防治工作。

对发生疫情的地区，按照"早、快、严"的原则，实行了坚决的封锁、扑杀和免疫措施。对非疫区坚持预防为主，全面落实防疫措施，严密防范疫病传入。

坚持科学防治，开展科研攻关，充分发挥科技防疫的作用；加大物资、资金投入，保证防疫工作需要；强化进出口检验检疫和国内市场管理，防止疫病传入传出。

加强医学监测和预防，坚决阻断疫病对人的传染。坚持依法防治，建立健全防疫制度。坚持群防群治，充分发挥基层组织和广大群众的防疫积极性。

大力加强宣传教育，积极做好舆论引导。

开展与有关国家、地区和国际组织的交流与合作。

在毫不松懈地阻击高致病性禽流感疫情的同时，认真落实促进家禽业发展的扶持政策，毫不动摇地抓好农业生产和农民增收。

这一阶段防治工作的实践，充分证明党中央、国务院关于防治高致病性禽流感的决策是完全正确的，采取的方针和政策措施是符合实际的，各项工作是扎实有效的。

回良玉重点指出了下一步工作的重点。他说：

防治高致病性禽流感是一项长期、艰巨的任务，防治工作取得阶段性成效，并不是防治工作的结束。要继续坚持防治工作方针不动摇，坚持处置疫情原则不动摇，坚持落实防治措施不动摇，坚持防疫工作责任制不动摇。

为此，回良玉指出了做好下一步防治工作的七项具体措施：

一要继续加强疫情监测，严格执行疫情报告制度。

二要强化动物防疫监督，严格进出口检验

检疫和国内市场管理。

三要加强医学监测和预防工作，防止疫病对人的感染。

四要深入开展科技攻关，提高防治工作的科技水平。

五要切实加强动物防疫体系建设，尽快建立动物疫病防治长效机制。

六要抓紧制定和完善动物防疫行政法规，把动物防疫工作纳入依法、科学、规范、有序的轨道。

七要进一步落实补偿和扶持政策，大力促进家禽业恢复和发展。

另外，质检总局动植物监管司司长夏红民，在为驻华外交官和国际组织官员举办的中国防治高致病性禽流感阶段性成果通报会上说：

现在中国的高致病性禽流感疫情已经得到了有效控制，16 个省的 49 个疫点的疫情已经全部扑灭，疫区已全部解除封锁。中国希望有关国家能够尊重这一事实，取消对从中国内地进口禽类及其产品的限制措施。

面对疫区疫情被扑灭，疫区封锁被解除，我们有充分的理由欣喜，但我们更应保持一份清醒，只有从成功中汲取经验，在欣喜时保持冷静，才可能彻底战胜禽流感。

高致病性禽流感在我国爆发后，我国政府高度重视该病的扑灭工作。国务院专门召开会议，成立了全国防治高致病性禽流感指挥部，胡锦涛主席、温家宝总理发出了重要指示，国务院及时采取了果断措施，组织全国人民贯彻国家制定的各项措施，遏制疫情的扩散，将疫情于初发疫点上彻底扑灭。

历史可以作证，中国防治禽流感斗争在 50 天后取得阶段性胜利，这成绩来自党中央、国务院的果断部署和坚强领导，来自一系列措施的迅速果断、卓尔不凡，来自全国人民上下协调、万众一心。

本书主要参考资料

《人禽流感》周伯平 黎毅敏 陆普选主编 科学出版社

《新农村防灾减灾丛书：禽流感防控知识问答》王杰秀主编 石油工业出版社

《人感染高致病性禽流感》王陇德主编 人民卫生出版社

《远离禽流感》陈晓蔚 顾德宁主编 东南大学出版社

《禽流感防控》武占银主编 中国农业出版社

《禽流感的预防和控制》孙晋红 韩克光编著 中国社会出版社

《科学防治新流感》姜昌富 田德英 黄汉菊编写 湖北科学技术出版社

《禽流感与人禽流感大众读本》姜良铎主编 中国中医药出版社